アイの歌声を聴かせて

乙野四方字
原作：吉浦康裕

Illustration ふすい　Design AFTERGLOW

Sing a Bit of Harmony

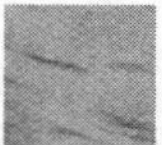

CONTENTS

カバーイラスト　ふすい
カバーデザイン　AFTERGLOW

アイの歌声を聴かせて

プロローグ

Sing a Bit of Harmony

歌は、友達を作る魔法の力だ。

幼い頃の悟美は本気でそう信じていた。

なぜなら、ムーンプリンセスがそう教えてくれたからだ。

「きーっとー♪　みーんなーがー♪　しあーわせーだーよー♪」

画面に映るお姫様、ムーンと共に悟美はたどたどしい声で歌う。何度も繰り返し観ているのでもうすっかり覚えてしまった。

ムーンプリンセスというのは、当時大ヒットしていた劇場アニメだ。とある小国の美しい王女『ムーン』が、政治や武力ではなく友情によって近隣諸国との繋がりを広げていく、優しい物語。子供も大人もお年寄りも、誰もが知っている大人気作品である。

「たいせーつなー♪　ひとをーみまーもーってるー♪」

両親に連れていってもらった劇場で、悟美はこのアニメをいたく気に入ってしまい、休みの度にまた観にいきたいとせがむようになった。困り果てた親が配信版を買ってあげたところ、こうして暇さえあれば見返すようになったのだ。

「ひーかりーがー♪　そらーにあーるってーことをー♪」

悟美が特にお気に入りなのが、『月の舞踏会』のシーンだった。喧嘩していた他の国の王子たちがムーンの歌声で仲直りする、物語のクライマックスだ。

「つーたえーあうー♪　えがおーにあーえたーからー♪」

まだムーンのように上手には歌えないけれど、たくさん練習して上手くなれば、きっと自分も歌で友達を作ることができる。誰かの喧嘩を止めることができるようになる。悟美はそう思っていた。

そんなことはないと思い知るのは、それからすぐのことだった。

いつからか、悟美の両親は喧嘩をするようになった。

当時の悟美にはよく理解できていなかったのだが、ロボット開発に従事している母親に、父親が「娘よりも機械の方が大事なのか」というようなことを言い始めたのがきっかけだった。

両親の喧嘩の頻度はだんだんと増えていった。悟美は「きっとムーンの歌を聴けば仲直りしてくれる」と思い、わざと両親に聞こえるように『月の舞踏会』のシーンを流した。

最初は両親も悟美の気持ちを汲み、それが「喧嘩は終わり」の合図となっていたのだが、回数を重ねるごとにそれでは収まりがつかなくなっていき、ついには「大事な話をしているのだから音を消せ」と言ってしまった。
そのとき、悟美は知ったのだ。
歌の魔法は、ムーンにしか使えない。
歌で人を幸せにするなんて、私には無理なんだ、と。

そして悟美は、歌うのをやめた。

第一章

CHAPTER 1

Sing a Bit of Harmony

Scene.1 シオン・プロジェクト〈1〉

田園風景のど真ん中に、まるでCG合成であるかのように異質で不釣り合いな、四十階建てのツインタワーが立っている。

星間ビル。AIロボット開発の最先端を走る大企業、星間エレクトロニクスの支社ビルだ。ここ景部市は、星間の試作品を実地でモニタするための実験都市であり、片田舎ながら星間の中核の一つである。

その星間ビル二十二階にあるラボの一室で、とある計画が進められていた。

「このテストが成功すれば、シオンは歴史に残るAIになる」

真っ白い医療用ベッドに検査着姿で横たわる女性を見下ろしながら、チームリーダーの天野美津子が言った。美津子にとってこのテストは、今までの自分のすべてを賭けた挑戦だった。

それに対して、主任の野見山は顎に手を当てて苦々しく呟く。

「AI規制法スレスレですよ？　もしバレたら――」

「シオン・プロジェクトは失敗ね。人間と対話共存できるAIを作ることが目的なんだから」

「いやまぁ、こんなテストでもない限り、ここまで人型にはしませんが」

美津子と野見山の会話は、微妙に噛み合っていない。野見山は「もしもバレたら責任は誰が取る」というようなことを言いたいのだが、美津子は「もしもバレたらまだまだ自分たちの技術は理想に及ばない」というようなことしか考えていない。

現行のAI規制法では、見た目も動作も人間と見分けがつかないロボットを作ることは限りなく黒に近いグレーだ。しかしこのシオン・プロジェクトは、まさにそれを作ろうとする計画だった。

人間とAIが、対話し、共存する世界。それが美津子の目に映る、人とAIのあるべき未来の姿だ。その未来はきっと、人間を今よりも幸せにする。このテストはその未来のための大切な一歩なのだ。美津子はそう信じている。

ベッドに横たわる女性の腹部に開いたハッチからは、何やら物々しい機械が飛び出し、そこから伸びるいくつものケーブルが周囲に置かれたパソコンに繋がっている。それさえなければ人間の少女にしか見えないそれは、れっきとしたロボットだった。

シオンと名付けられたそのロボットには、美津子自身が開発したAIプログラムが搭載されている。今はその最新バージョンをインストールしている最中だ。

「責任は私が取ります。転入手続きは？」

「あぁ……済ませました。景部高校、二年三組」

「えっ？」

美津子は野見山が持っている資料を取り上げ、文面に目を通す。景部高校、二年三組。それは美津子にとって、とても覚えのある言葉の並びだった。

「……そう。よりによって」

ラボの奥に目をやる美津子。ガラスの向こうでは、支社長の西城と数人の取り巻きたちが、監視するかのような視線を美津子たちに向けている。

この差配は、きっと偶然ではないだろう。西城はシオン・プロジェクトに懐疑的だ。成功すれば手柄を横取りするつもりだろうが、それよりも失敗したときに私を追い落とすことを考えているに違いない。だから、景部高校の二年三組なのだ。美津子は西城の思惑をそう推測する。

美津子の視線を受け、西城たちはそそくさとラボを出ていった。その態度が、美津子の推測が少なくとも的外れではないことを物語っている。

「……天野課長？」

「いいわ。モニタ期間は五日間。それまでシオンの正体がバレなければ……私たちの勝ちよ」

ＡＩロボットのシオンを、普通の女子高生として高校に転入させ、五日間を過ごさせる。そしてシオンがロボットだとバレなければ、ソフト面とハード面の両方において、ＡＩロボットの進化がまた次の段階に達したということの証明になる。このテストは、そのためのゲリラ的な実証実験だ。

不安要素はある。しかしそれ以上に、美津子は自分の仕事に自信があった。

「知りませんよ、私は」

何を言っても無駄だ、と野見山は頭をかく。ここまで来たらなるようになれだ。責任さえ取ってくれるのであれば好きなようにすればいい。無気力にそんなことを考える。

「あれ？」

そろそろインストールが終わる頃だ。本来ならシオンのＡＩが自動的に再起動して、起動音代わりの『hello』を口にするはずだが、どうもその様子がない。見開かれたままのシオンの目の前で、ひらひらと手を振る野見山。

その手の動きに反応したのか、やっとシオンが口を開く。

「ラララーラララーララー♪」

なぜかシオンは、突然歌い出した。

それは、どこかで聴いたような歌だった。

Scene. 2　景部高校二年三組

六月九日月曜日、午前六時。

目覚ましをセットした時刻の四秒前に、悟美は目を覚ました。

ベッドに身を起こすと同時に枕元に置いてある時計のランプが光り、アラームの音楽が流れ出す。小学生のときに買ってもらったムーンプリンセスの目覚まし時計だ。悟美はそれを、高校生になった今でも大事に使っている。

〈おはようございます、サトミ〉

悟美の起床を感知したルームＡＩが、優しい女性のボイスで悟美に朝の挨拶をする。

「おはよう。カーテン開けて」

悟美の声で、ＡＩが部屋のカーテンをゆっくり開けていく。窓から差し込んでくる朝の日差しはまだ柔らかく、気持ちのよい目覚めを促してくれる。

「外の気温は？」

〈気温19℃、湿度48％。窓を開けますか〉

「着替え終わってからお願い」

目覚ましのアラームを止めてベッドを抜け出し、パジャマから制服へと着替える。そのまま一階に降りると、玄関に母親のバッグとサマーコートが脱ぎ捨てられていたので、それを拾いながらセキュリティＡＩに話しかける。

「お母さん、何時に帰ってきたの？」

〈午前3時13分です〉

しょうがないな、と苦笑する悟美。ここ最近、母はいつも帰りが遅い。仕事が何か重要な局面を迎えているらしいが、詳しいことは聞いていない。そんな母の負担を減らそうと、家のことは悟美が一手に引き受けている。

「カーテン開けて」

エプロンをつけながらキッチンへ。悟美の声に反応してキッチンのカーテンが自動で開く。家のことを一手に引き受けているとは言っても、多くのことをＡＩがサポートしてくれるのでそれほど苦ではない。

「お母さん、昨日も午前さま。疲れてるだろうから、ご飯やわらかめにね」

〈水２１０cc、蒸らし15分でよろしいですか？〉

「お願い」

ピッ、と音がして炊飯器のＡＩが米を炊き始める。鍋に水を入れてコンロに乗せれば、コンロのＡＩが勝手にお湯を沸かしてくれる。その間に悟美は具材を切って味噌を用意。

「そろそろ入れるよ」

　そう言うだけでＡＩは適切な火加減に調整してくれる。悟美のやることは具材を入れて味噌を溶かすだけ。あとはＡＩ任せでいい。

　おたまに味噌をすくって鍋に近づく悟美。その足がふと止まる。視界に入ったのはリビングに置いてあるテレビモニタだ。そこから伸びているケーブルは、母の部屋のＰＣに繋がっている。

「……お母さんのスケジュールは？」

　囁くような悟美の声に、消えていたモニタがつく。画面には母の名前とパスワード入力用のダイアログボックスが表示される。

「satomi1231」

　そのパスワードが自分の名前と誕生日だと知ったとき、悟美は「お母さんわかりやすすぎ」と呆れつつも、なんだか妙に嬉しかったことを覚えている。それ以来、たまにこうしてスケジュールを覗き見るたびに、どこかくすぐったいような感覚になる。

　表示された六月のカレンダーには、九日から十三日まで、つまり今日から五日間続きのスケジュールが入力されていた。

「ＡＩ実地試験……」

　機密、というアイコンの横に吹き出しでコメントがつけられており、その中には悟美と同い年くらいの少女の写真、そして『AIロボットプラットフォーム』という文字が書かれている。

「AI……ロボット⁉」

その文章は、どうやら写真の中の少女のことを指しているらしい。どう見ても人間にしか見えないが、この子がロボットだというのだろうか？　まさか？

がたん、と隣の部屋で音がする。母が起きたらしい。

「あっ、消してっ」

慌ててモニタを消す悟美。間一髪。引き戸が開き、あくびをしながら母が入ってくる。

「おはよ〜、悟美」

「おはよう、お母さん。ちゃんと眠れた？」

「だ〜いじょうぶ……ふあぁ」

だらしない格好で再度あくびをする、寝惚けまなこの母。

それがシオン・プロジェクトチームリーダー、天野美津子の家庭での姿であった。

○

「先月の生活経費は、前年比２％減です」

「減ったの？」

「お水の業者を変えたの。あと、食材の工夫と売電収入」

「さすが」

「今週、税金の払い込みが二件」

「おっけー。そっちはやっとく」

朝食をとりながらの家計の報告は、母から娘へ、ではない。娘から母へ、だ。その姿は娘に頼り切りの少し情けない母親のようにしか見えない。だがこの母親は、リビングに飾られているたくさんの賞状、盾、トロフィーを授与された本人であり、写真立ての中で世界中の権威ある科学者たちに囲まれている女性と同一人物である。

「おばあちゃんの誕生日は？」

「プレゼントは手配したよ。豊琳堂（ほうりんどう）のかりんとう。手紙を添えるの、どう？」

「直筆でね」

微笑（ほほえ）み合う母と娘。悟美はこの家の役割分担になんの不満もない。母は女手一つで自分をここまで立派に育ててくれた。今度は自分が母を支える番だ。

食事を終えた母はすぐに身支度を調（ととの）え、再び星間のビルへと出勤する。自分より遅く帰ってきて自分より早く出ていく母に、これ以上何をさせられるというのか。

「今日、16℃だって」

「夏なのに？」

「深夜0時の予報です」

母の帰宅時刻を予想して「寒くなるよ」と告げる娘に、美津子は申し訳なさそうに苦笑する。

「……ごめん。今日も遅くなる」

「お仕事お疲れさまです」

悟美が別にあてつけのつもりで言ったわけではないことをわかっているので、美津子は差し出されたサマーコートを素直に受け取った。

優しく微笑む悟美の顔を見つめ、美津子は少し考えて。

「悟美、今日から学校で……」

「なに？」

きょとんとする悟美。

「……なんでもない」

すんでのところで美津子は踏みとどまった。当然だ。実の娘といえども、極秘のプロジェクトをバラしていいわけがない（もちろん美津子は、すでにその一部がバレていることなど知る由もない）。

気を取り直して悟美と美津子はこぶしを握り、お互いの胸の前に持ち上げた。

『今日も、元気で、頑張るぞっ、おー』

声に合わせて拳を振り、「ぞ」でこつんとこぶしをぶつけ、「おー」で振り上げる。天野家の日課である。

「行ってきます」

〈行ってらっしゃいませ、ミツコ〉

美津子を見送る悟美とセキュリティＡＩ。

悟美はなんとなく、ＡＩも家族の一員のような気がしていた。

○

〈行ってらっしゃいませ、サトミ。ドアをロックします〉

母から遅れること十数分、悟美もＡＩに見送られて家を出た。

いつもの朝の風景を横切り、バス停へと走る。

水田で田植えをしているのは、星間の労働支援ロボットだ。これもヒト型ロボット普及へ向けた実証実験の一つである。

国道向こうの潮月（しおつき）海岸ではメガソーラーの実験中で、埋め立てられた海辺一面にソーラーパネルが敷き詰められている。太陽の位置に合わせて向きを変える可動型で、最大限の発電効率を実現している。

その間に林立してゆっくりと風に回っているのは、風力発電用のダリウス風車だ。弓のように歪曲（わいきょく）した羽根が縦に取り付けられた垂直軸の小型風車で、建設コストが低く、風向きを選ばず回すことができる。

景部市におけるこれらの施設は、すべてAI制御によって稼働している。

横断歩道を渡り、潮月港バス停に着いたのとほぼ同時に、AI運転の電気バスも到着する。悟美と同じ制服を着た学生たちが何人も乗っており、悟美が乗るとバスは景部高校へ向けて発進した。

〈ホシマ〉

車内の有機ELモニタから聞こえてきた音声に目を向けると、そこには星間の企業CMが表示されていた。悟美は何となくそれを眺め続ける。

〈未来は、意外と近くにある〉

テロップの後ろには景部市の遠景が映っている。そこに光が落ち、波紋を描いて広がっていった。これは、星間のAI技術が景部市のあちこちに使われていることのメタファーだ。

〈ここ景部市で、私たち星間エレクトロニクスは最新のAI搭載機器を実証実験していま

す〉

広がった光は、身近にあるさまざまなものに入り込む。バスを待つ女子高生が持っているスマートフォン。鞄(かばん)に下げられた卵型のトイストラップ。授業に使われるタブレットはもちろんのこと、運動靴のパーソナルコーチングシステムといったものまで。

〈生活を、もっと快適に。社会を、もっと安全に〉

町の人々を見守る外灯を始めとして、民家に、工場に、商店に、学校に、公園に、街角に。AI技術の光は、景部市のあらゆる場所に広がっていく。

〈理想の未来はもう始まっています〉

無意識に、モニタに顔を近づける悟美。確かもうすぐだ。

〈未来は、意外と近くにある〉

モニタに映る女子高生の笑顔にオーバーラップさせながら、星間の技術者が映る。

それは他でもない悟美の母、美津子だった。

〈叶(かな)えるのは、私たち。星間エレクトロニクス〉

CMの最後を飾る星間の技術者たちの真ん中に美津子が立っているのを見て、満足そうに微笑む悟美。

AI技術の最先端を走る星間エレクトロニクスの実験都市であるこの景部市には、CMの通りさまざまな最新のAI技術が実験導入されている。それらの開発を担う星間の技術者の中でも、特に優秀だと言われているのが自分の母であるということが、悟美はたまらなく誇らしかった。

「待って待って」

「乗りまーす」

止まったバス停で駆け込み乗車をしてきた女子生徒たちの一人が、勢い余って悟美の背中にぶつかった。その衝撃で悟美はスマートフォンを落としてしまう。

「あっ、ごめん」

ぶつかった女子生徒は謝りながらスマートフォンを拾い上げ、悟美に手渡そうとする。

「あ……」

顔を合わせ、一瞬動きが止まる二人。

悟美と同じクラスの、佐藤綾（さとうあや）だ。悟美にとっては少し苦手な相手だった。

「わざとじゃないから、告げ口しないでよね」

からかうように笑いながら、綾はスマートフォンを悟美の鞄に投げ入れて離れていく。

告げ口。その言葉が悟美の心に影を落とす。

悟美は雑音を遮断するためにイヤホンをはめ、スマートフォンに入れている『ムーンプリンセス』のサントラから一番好きな『月の舞踏会』の音楽を再生した。

〈発車します。ご注意ください〉

歌の力で友達ができるなんて、もう思ってはいないけど。

〇

〈8時になりました。本日から、出席アプリが更新されます。生徒の皆さんは、景部高校専用アプリで確認してください〉

景部高校校舎屋上。

所狭しとパソコンが並べられたプレハブ小屋の中で校内放送を聞き流しながら、素崎十真は無心にキーボードを叩いている。

目の前のモニタに映っているのは校内のセキュリティカメラの映像だ。教室、廊下、柔道場。柔道部員が練習相手のロボットを投げ飛ばすのを見て、十真は「また修理か」とぼやく。

もちろん、ただの学生にセキュリティカメラの映像をリアルタイムで見るなどということは許されていない。ならばどうすればいいのか？　ハッキングして覗き見ればいい。十真はそれができる高校生だった。

続いて校門のカメラ。バスが止まり、一人の女子生徒が降りてくる。十真は映像の切り替えを止め、その女子生徒をしばし見つめている。

「まーた十真センセー、悟美ちゃん見てんの？」

「っ！」

電子工作部の数少ない部員の一人、石黒にからかわれ、十真は身をのけぞらせる。

「い、いや、星間のセキュリティカメラだから、ハックすればコードの勉強になるし」

「はいはい、お勉強ね」

半分は本当だが半分は言い訳だ。十真は確かに、悟美のことを見ていた。

十真と悟美は幼馴染みだ。昔は仲が良かったのだが、小学三年生のときのとある出来事がきっかけで疎遠になってしまった。それ以来十真はずっと、こっそり悟美のことを気にかけている。

「しっかし、よく覗けるよなぁ。試験運用ったって、ファイアウォールは厳重だろ？」

数少ない部員のもう一人である鈴山が、自分がいじっているパソコンのモニタから視線を逸らさずに口だけ挟む。ちなみに電子工作部の部員はこの三人で全員だ。

「天才だな。ある意味」

「ある意味って……」

「気にすんな。その天才にプレゼント」

石黒が十真の目の前に書類の束を突きつける。

「えっ……石ちゃん、これ！」

「父さんの鞄から借りてきた」

十真はひったくるようにその書類を受け取り、興奮気味に目を通す。

「……宇宙空間におけるデジタルデータ運用……実証衛星つきかげ」

「なにそれ！　宇宙にサーバでも置くの？」

十真が読み上げた文面に、鈴山も興味津々といった様子で食いついてきた。石黒が「放射線はどうすんの？」と聞けば鈴山もまた「熱真空は？」と疑問を重ね、三人は専門的な言葉でわいわいとはしゃぎ始める。

——このように。

景部高校電子工作部というのは、好奇心を満たすために専門的な知識と技術を駆使し、時には少々悪い遊びもしてしまう、無邪気な少年の集まりであった。

○

バスを降りた綾は、友人であるリョーコとマユミと共に校舎へ向かって歩いている。

「あっ。綾、ゴッちゃん」

マユミが声を上げる。その視線の先には、モノホイールのスクーターにまたがった男子生徒、ゴッちゃんこと後藤定行（ごとうさだゆき）が、女子生徒たちに囲まれている姿があった。

「また乗り換えたの？」

「すごい！　倒れないんだ」

「ホシマから借りたの？」

女子生徒たちの黄色い声を、ゴッちゃんは当たり障りのない表情で聞き流している。

マユミが綾にゴッちゃんがいることを教えたのは、焚きつけるためだ。悪い虫がたかっているぞ、追い払わなくていいのか、と。

綾もそれはわかっている。本当なら綾は、今すぐゴッちゃんに駆け寄って、殊更親しげな挨拶を交わしたい。そうして周りの女子たちを牽制したい。

だけど。

「……今はいい」

綾は、ゴッちゃんから目を背けて歩いていく。リョーコとマユミは、やれやれ、と顔を見合わせて綾の後をついていった。

そんな綾の後ろ姿を、ゴッちゃんは苦々しい表情で見送っている。

「……はぁ」

「どしたの？　ゴッちゃん」

「なんでもねーよ」

女子生徒たちを置いて駐輪場へとスクーターを進めるゴッちゃん。

綾とゴッちゃんは、いわゆる彼氏彼女の関係だ。

しかし今、そんな二人の間には小さな溝ができていた。

◯

綾から少し遅れて、悟美も校門を通る。

すると来客用の駐車場の方で、三人の男子生徒が自動掃除ロボットを囲んでいるのが見えた。

「おーい、そっちにゴミはねえぞ」

掃除ロボットは、なぜかガンガンと壁にぶつかることを繰り返している。よく見ると、そのセンサー部分にガムテープが貼られていた。男子生徒の一人が手にガムテープを持っている。ロボットのセンサーを塞いで遊んでいるのだ。

「わはは」

「バカじゃねこいつ?」

黙っていられず、悟美は思わず駆け寄った。

「なにやってるのっ!」

悟美がスマートフォンを取り出して掃除ロボットに向けると、カメラがモニタ品であることを認識する。そして画面をタップすると、ロボットの動作が停止した。

これはＡＩロボットの緊急停止アプリである。と言っても、止められるのは景部市で試験運用されているモニタ品だけだ。テスト中のＡＩに何か問題が起きたとき、誰でも停止させられるよう星間エレクトロニクスが配布しているもので、景部市市民なら誰でも無料でインストールできる。

「さっすが優等生」

「点数稼ぎ、ごくろーさん」

揶揄する声には耳を貸さず、停止したロボットに駆け寄って心配そうにボディを撫でる悟美。男子生徒たちは興を削がれて去っていく。どうしてこんな酷いことができるのだろう。頑張って作っている人たちのことなど考えないのだろうか。

その時、駐車場に一台の車が止まり、中から一人の女子生徒が降りてきた。

「よーし、行ってこい」

運転手に促されて校舎へ歩き出す女子生徒。

悟美は、その顔に見覚えがあった。

「……えっ!?」

それは今朝、こっそり覗いた母のスケジュールにあった、ＡＩロボットの写真とまったく同じ顔だった。

○

二年三組、つまり悟美の教室の電子黒板に、担任教師が転入生の名前を書いている。

「めっちゃかわいくね？」

ゴッちゃんの友人の前川が、後ろの席のゴッちゃんに囁く。曖昧な笑いを返すゴッちゃん。前後の席に座る二人はよくこうして話している。そんなゴッちゃんを、口を尖らせて見ている綾。

黒板の前に立っている転入生を、クラスの生徒たちが興味津々で見ている中、悟美だけは未だにそれを信じられないでいた。

「……ホントに？」

これがただの偶然でないのなら、いまそこに立っている女子高生にしか見えないその子は、ＡＩロボットなのだ。

黒板に名前を書き終えて、担任が言う。

「というわけで、今日から転入してきた芦森詩音さんだ。あー、じゃ、自己紹介を」

しかし、転入生――詩音は自己紹介をせず、貼りついたような笑顔で黙ったまま、首を動かして教室内のある一点に顔を向ける。

その視線の先にあるのは、悟美の顔だった。

「……え？」

詩音が自分を見つめていることに気づき、戸惑いの声を上げる悟美。

一方の詩音は、宝物でも見つけたかのようにぱっと表情を輝かせ、教壇を降りてそのまま悟美の方へと歩き出した。

「どした？」「なに？」「お？」

困惑する生徒たちの声と視線が詩音に突き刺さる。十真も綾もゴッちゃんも、なんだなんだ、と呆気にとられて詩音を見ている。しかし詩音は、まるでそよ風でも浴びているかのようにそれらの声や視線を完全に無視して、優雅な足取りで歩いていく。

「おーい、芦森ー？」

担任の声にも耳を貸さずに詩音は歩き、悟美の目の前で足を止めた。

口を開く者はもう誰もいない。クラス中が詩音に注目している。この転入生はいったい何を考えているんだ、これからどうするつもりなんだ、と。

それを最も感じているのは、他ならぬ悟美である。

目の前で自分を見つめている、おそらくＡＩロボットである転入生、芦森詩音。この子はいったいどうして、こんなに真っ直ぐな目を私に向けてくるのだろう。

そして詩音は開口一番、こう言った。

「サトミ！　いま、幸せ？」

「……はあっ⁉」

悟美は思わず、間抜けな声を上げてしまった。

詩音が何を言っているのか、さっぱりわからない。それはもちろん悟美だけではなく、教室内の誰一人として、詩音の言動を理解できる者はいなかった。

「天野、知り合いか？」

担任のその言葉は、もっとも合理的な解釈だったと言えるだろう。しかし悟美が頷(うなず)かないのを見て、教室内にはさらなる困惑の渦が広がっていく。

「なに？」「幸せって？」「やばい人？」

最初は興味や好奇の色が強かった空気も、だんだんと怪訝(けげん)や不審の色に染まりつつある。しかしそんな周りのざわめきも、そして悟美の戸惑いも、詩音は一切気にした様子なく一気にまくし立てる。

「ねえ、どうなの？　幸せ？　ひょっとして幸せじゃないの？」

ぽかんと口を開けたまま、答えられない悟美。

詩音はそれを見て、悟美は幸せではないのだ、と判断したようだった。

「じゃあ、私が幸せにしてあげる！」

そして詩音は突然、息を吸う仕草をして。

「ね～♪」

目を閉じて、

「あな～たは～♪」

両手を広げ、

「し～あわせに～♪」

高らかに、

「なれ～るの～♪」

歌い始めた。

「よ～～～～っ♪」

伸びやかな高音が、二年三組の教室に響き渡る。

沈黙。

やがてクラスの皆が、可哀想(かわいそう)な人を見るような目でひそひそと囁き始めた。

「今のなに？」「どういうこと？」「変じゃね？」「ドッキリ？」「もしかしてウケ狙い？」

生徒たちが今、詩音に対して感じていることを、綾がずばり一言で代弁する。

「……アタマおかしいんじゃないの？」

引きつった笑みの綾。内心で同意する生徒たち。

それらの視線が必然的に、詩音の目の前にいる悟美にも向けられた。

「あっ……」

悟美の心臓が跳ねる。いけない。何か言わなければ自分も変人扱いされてしまう。すでに『告げ口姫』と呼ばれて避けられている立場ではあるが、これ以上おかしな目で見られるのはさすがにイヤだ。

「あー……」

ではどうする？　これはロボットなのだとバラすか？　そうすればおかしな行動もＡＩの不具合で収まるかもしれない。いや、だけどあの資料には『機密』と書いてあった。それをバラすとお母さんの仕事に何か悪影響が出るかもしれない。だけどこのままにしておくわけにもいかない。どうすればいい、どうすれば！

「──あは、あはははは！」

葛藤の末、悟美が選んだ行動は、詩音に拍手を送ることだった。

素敵な歌声、なんて素晴らしい自己紹介！　ねぇみんな、すごかったよね⁉

「あはは、はー……」

悟美の拍手が、静まりかえった教室に空しく響き渡る。誰一人、一緒になって拍手を送る者はいない。悟美の乾いた笑い声もだんだんとか細くなってくる。

なんとか悟美を助けようと、咄嗟に立ち上がったのが十真だった。

「あっ……！」

悟美に向けられていた視線が一斉に十真を向く。ついでに悟美と詩音の視線も。

「あ……え、えっと……」

だが、どうやって助けるかは何も考えていなかった。そこへ慣れない視線に晒されて、十真は頭の中が真っ白になってしまう。

教室内に、どうしようもなく気まずい空気が流れる。

数秒後。

やれやれ、と息をついて助け船を出したのは、ゴッちゃんだった。

「すっげー自己紹介。おもしれーじゃん」

ゴッちゃんは手を叩きながら、笑顔でそう言う。

クラスの人気者であるゴッちゃんの行動は、すぐさま他の生徒たちに伝播していった。

「あー、自己紹介」「東京じゃ流行ってんの?」「ちょっと外した?」「いいじゃん、かわいいし」

まだ戸惑いは含みつつも、ほとんどの生徒が笑いながら好意的な反応を見せるようになる。クラスの日陰者である悟美や十真とは雲泥の差だった。

その時、ちょうどホームルームの終了を告げるチャイムが鳴った。

「あー、じゃあ天野」

担任はこれ幸いと、悟美に事後処理を押しつける。

「学級委員だから、あとよろしく頼むわ」

悟美は口元を引きつらせながら、目の前に立ったままの詩音を見上げる。

詩音は貼りついたような笑みで、悟美を真っ直ぐに見つめていた。

◯

「待って！　待ってよサトミ！」

一限終わりの休み時間。悟美は詩音の手を引っ張って、人気の少ない体育館前の水飲み場へと連れてきた。詩音は相変わらずの笑顔を貼りつけたまま、悟美の手を振り切って水飲み場の裏手に身を隠す。

水飲み場を挟み、まずはこれをはっきりさせようと、意を決して悟美が質問する。

「あ、あなた……AI……なん、でしょ？」

誰にも聞かれないように、小声になる悟美。小さく顔を出した詩音の姿はどう見てもかわいらしい女子高生にしか見えず、もしかして自分の勘違いなのか、と一瞬思う。

「私のこと知ってるの⁉」

だが詩音のその反応は、悟美の質問に対する紛れもないYESだった。

「……はぁ……お母さん、すごすぎでしょ」

「アマノ博士にはお世話になってます」

流暢(りゅうちょう)に返事をする詩音に、悟美の理解が追いつかない。

悟美の知るＡＩロボットと言えば、田植えロボットや掃除ロボットなどの「いかにも」なものばかりだ。詩音のようなＡＩロボットを作ってしまう母の技術には感服するばかりだが、詩音のこの行動が母の狙い通りだとはとても思えない。

スケジュールには『ＡＩ実地試験』と書かれていた。どんな試験なのかは知らないが、少なくとも「詩音がロボットだとバレてしまう」のはとてもまずい気がする。こんなことなら母にテストの内容を聞いておくんだった、と後悔しながらも、悟美は必死に詩音をたしなめる。

「だ、だったら、普通に高校生やってよ！　そういうテストなんでしょ？」

詩音が変なことをすれば、きっとお母さんは困るはずだ。

なのに、詩音は。

「そうなの？」

とぼけた詩音の反応に、悟美の焦りが怒りに変わっていく。

「……なによそれ……」

これは、母にとってとても大事なテストのはずだ。それを、ＡＩの非常識な行動でぶち壊しにされてはたまらない。

「お母さん、どれだけ苦労したと思ってるの⁉」

「知らない！」

「っ……」

絶句する悟美。いかな最新鋭のAIとはいえ、所詮こんなものなのだろうか。人の気持ちを思いやることなど、AIには無理なのだろうか。

悟美は思い出す。いつも遅くまで働いて、疲れて帰ってくる母の姿。たまには仕事や上司の愚痴を言うこともある。それでも、目を輝かせて人間とAIの共存する未来を語ってくれた。AIは、人を幸せにするのだと。

なのに、肝心のAIがこんな調子では、あんまりだ。

「……寝言でプログラム言うくらい頑張って……たった一人で親やって……足を引っ張ろうとする連中もいっぱいいて……だからっ」

無駄かもしれないと知りつつも、悟美は言わずにはいられない。

「AIだってバレたら、絶対に許さないから」

「しーあわーせーにー♪」

「歌うの禁止！」

無駄のようだった。

Scene.3 あなたには友達が要る

その日、学校にいる間中、悟美は気が気ではなかった。

もちろん、詩音がAIロボットだとバレないかということである。

数学の授業では、高校生には到底不可能なハイレベルの証明をしてみせる。水泳の授業では、三分を超えても平気で水に潜り続ける。休み時間には飛んできたバスケットボールを見もしないで受け止めて機械のように投げ返し、美術の授業では「友達を描く」という課題でモノクロ写真のように正確なお掃除ロボットの絵を描く……等々。

詩音が人間として普通ではない行動をするたびにフォローしていたので、昼休みにはもう悟美はくたくただった。

いつものように机で一人、孤独に弁当を食べながら、悟美は後ろでクラスメイトに囲まれている詩音の様子をちらちらと窺っている。またおかしなことをしでかさないかと。

詩音はクラスメイト一人一人の名前を正確に口にする。

「井上さん。吉田くん。増田さんにバレー部の前田さん」

「もう覚えたの？」

「はっや！」

転入してきたその日の昼休みに、クラスメイトの顔と名前を完璧に覚えている。これもまた普通ではないが、もうそのくらいならいいかと悟美の基準も甘くなりつつあった。どうせクラスではすでに、詩音は文武両道でついでに変人の天才扱いされ始めているのだ。

「ねえ、ここに来る前ってどこに住んでたの？」

「っ！」

だが、さすがにその話題はアウトだった。詩音のことだ、あっさりと「ロボット工場」などと答えかねない。悟美は弁当を食べる手を止めて詩音の方を振り向く。

「親もホシマなんでしょ？　どこの部署？」

「ラボだよ」

「ホントに？　うちもそうだよ」

ほっと胸をなで下ろす。「どこに住んでいたか」という話題と「親の部署」という話題がうまく混ざってくれた。再び弁当に戻る悟美。

「ねえねえ、アカウント教えてよ。友達のグループに招待するから」

クラスメイトのその言葉に、それまで流れる水のようだった詩音の受け答えが一瞬止まった。

「……友達？」

「幸せなスクールライフには必須だよ」

「自分で言うのかよ」

「ちょっとぉ」

盛り上がるクラスメイトには答えず、詩音は何事かを考え込むように沈黙している。

否、誰にも聞こえない小さな声で、幸せなスクールライフ、と復唱している。

そこへさらに、別の女子が誘いかける。

「ねえねえ、一緒にご飯食べに行かない？」

食事に誘われた詩音は、一人で弁当を食べている悟美の背中を見て、突然立ち上がって悟美に声をかけた。

「サトミ！　サトミも一緒に行こうよ！」

その時のクラスメイトの反応が、悟美には聞く前にわかった。

「え……」

「マジ？」

「告げ口姫？」

予想通りだ。自分と一緒にご飯を食べたがる生徒なんているはずがない。

「サトミ、幸せになろうよ！」

冷え切った教室の空気と、脳天気な詩音の声。その落差が悟美の心をささくれ立たせる。

詩音が悪いわけではない。それは悟美もわかっている。だけど、どうしようもなく居たたまれない。頼むから余計なことを言わないで欲しい。ＡＩに空気を読めなんて、無理な話かもしれないけど。

近づいてくる詩音を無視して悟美は席を立ち、そのまま教室を出ていった。不思議そうに詩音もその後をついていく。

「なあに、あれ」

「感じわるー」

教室を出る直前、悟美の耳に入ったそんな言葉は、慣れているとはいえ悟美の心をまだゆるやかに傷つけた。

○

「あ、転校生」

廊下を歩いていく詩音を見かけ、階段を下りようとしていたリョーコが声を上げた。

マユミと綾もつられて振り返る。そして詩音の背中を見た綾は、思わず顔をしかめてしまった。最近こんな顔が多いな、と嫌になる。

綾は、詩音のことをあまりよく思っていなかった。自己紹介でいきなり歌いだすというおかしな行動もだが、そこにゴッちゃんがフォローを入れたことが何よりも気に入らない。詩音を見ながら前川とひそひそ話していたし、もしかしてゴッちゃんは、詩音のことが気になっているのだろうか——

——ううん、そんなはずない。だってゴッちゃんには私という彼女がいるんだから。綾は自分にそう言い聞かせ、ふん、と鼻を鳴らして詩音から顔を背けた。

「と、ゴッちゃん」

「えっ？」

背けた顔を勢いよく戻す。リョーコの言う通り、そこには確かに、なぜか詩音と同じ方向へ歩いていくゴッちゃんの背中があった。

「あー、ゴッちゃんも男子だったかー」

リョーコは芝居がかった仕草で頭に手を当て、聞こえよがしに嘆いてみせる。

「っ！」

ゴッちゃんは大丈夫。そう信じてる。きっとたまたま同じ方向に用事があっただけだ。でも、信じることと、念のために一応確認することは別！　綾は慌ててその後を追って走り出した。

「……ったく、意地っ張りなんだから」

「ねえ」

その場に残されたリョーコとマユミは、苦笑しながら綾の背中を見送った。

○

同じ頃、電子工作部部室では、十真が購買のパンを食べながら、いつものように校内セキュリティカメラの映像を覗き見していた。

「……ん？」

たまたま見ていた音楽室のカメラに悟美が映っているのに気づいた十真は、いったい何をしているのだろうと不思議に思った。なぜなら、カメラに映った悟美が、一人きりなのにまるで誰かと話しているように見えたからだ。

部室には残る二人の部員である石黒と鈴山もいて、パンを食べながらくだらない話をしている。

「詩音さん、かわいいよなー」

「コスプレとかしてくんないかな？」

「なんでだよ」

「いやほら、ノリ変だし……さっ」

言いながら鈴山はパンの袋を丸めてゴミ箱に投げる。それはゴミ箱そっくりの外付けハードディスクにぽんと乗った。十真が無言でそのゴミを拾い、隣にある本当のゴミ箱へ捨てる。

「やってくれそうな気がすんだよね」

「その発想はなかったわ……で、なんの？」

ゴミを捨てなおした十真にお礼の言葉もなく、鈴山と石黒は会話を続ける。いつものことなので十真も特に気にしない。それよりも気になるのは悟美のことだ。カメラの中の悟美は音楽室で一人、相変わらず誰かと話しているような仕草を続けている。

そのとき、石黒と鈴山が窓の外を見て、おかしなことを言った。

「あれ詩音さんじゃね？」

「てか、告げ口姫？」

「ケンカ？」

「えっ？」

聞き捨てならない名前が出て、十真はモニタから目を外して窓の外に目を向けた。

「あ、悪い。えー、幼馴染みの悟美ちゃん」

気まずそうに石黒が訂正するが、十真はそれどころではない。

電子工作部の窓からは音楽室が見える。二人が見ていたのは、音楽室で何やら言い合いをしているような悟美と詩音の姿だった。十真もはっきりとその目で見た。

「え……」

再びモニタに目を戻す十真。そこには音楽室のセキュリティカメラの映像が映っていて、悟美が一人で何か騒いでいる。

「え？」

窓から音楽室を見る。悟美と詩音がいる。

「え⁉」

モニタを見る。カメラに詩音は映っていない。

「えええ――――っ⁉」

十真は部室を飛び出し、音楽室に向かって走り出した。これはいったいどういうことだ？　頭は疑問符で埋め尽くされている。

「あっ、十真！　いいところに……」

階段で十真の名を呼んだのは、柔道部員の杉山紘一郎(すぎやまこういちろう)、通称サンダーだ。その背中には壊れたロボットの三太夫(さんだゆう)を背負っている。柔道の練習相手として投げ飛ばしたら壊れてしまったのだ。三太夫の修理は十真の仕事だ。

だが、今の十真はそれどころではない。サンダーには気づかず音楽室へひた走る。

十真が何を急いでいるのかは知らないが、サンダーとしてもすぐに三太夫を直してもらわなければ困る。なにせ大会が近いのだ。サンダーは三太夫を背負い直し、十真の後を追って走り始めた。

○

「だーかーらー！」

ゴッちゃん、綾、十真、サンダーの四人（と三太夫）が、図らずも同時に接近しつつあるとはつゆ知らず、悟美は音楽室で詩音を責め立てていた。

「余計なお世話！　私は一人で大丈夫だから！」

理由はわからないが、詩音は悟美を幸せにするために友達を作ろうとしているらしい。

悟美は思う。本当に、そっとしておいてほしいと。私はもう、友達を作ることなんて諦めてるんだから。余計なことをされてもさっきみたいにまた傷つくだけなんだ。だったらいっそ、最初から一人でいた方がいい。

だが悟美のそんな思いは、ＡＩである詩音には通じない。

「じゃあ、サトミは幸せってこと？」

「私の幸せなんてどうでもいいでしょ!?　バカみたいに幸せ幸せって……意味わかって言ってる？」

「わかんない！」

これだけ悟美が怒っても、詩音は相変わらずの貼りついたような笑みのまま。どうすればいいんだ、と眉間に皺を寄せる悟美。

そのとき、不意に音楽室のドアが開いた。

「えっ？」

「あっ……あのー……」

まず、おそるおそる十真が入ってきた。

十真が何かを言うより早く、その後ろから、気軽な様子のゴッちゃんが現れる。

「あーいたいた。芦森さーん、ちょっといいかなー？」

「よくなーい！」

「あ、綾⁉」

続いて怒鳴り込んできたのは怒れる綾だ。たまたまじゃなかった、やっぱり転校生に用があったんだ！　ゴッちゃんを睨みつける綾。焦るゴッちゃん。

そして最後に、三太夫を抱えたサンダーが駆け込んできた。

「十真！　三太夫助けてくれよ。友達だろ⁉」

「え……それって今？」

今それどころじゃないんだけど、とは言えない弱気な十真。悟美は状況が理解できず目を白黒させている。

その横で、詩音が再びその言葉に反応した。

「友達……」

呟く詩音に嫌な予感がして、悟美がゆっくりと顔を向ける。詩音はまたもや、何かをしでかす直前のように目を輝かせながら、先ほどクラスメイトから聞きかじった言葉を口にする。

「幸せなスクールライフっ？」

「へっ？」

「まかせて！」

そして詩音は、いてもたってもいられない、何かが楽しくて楽しくて仕方がない子供のように、その場でばんばんと足踏みをして。

朝の自己紹介のときのように、唐突に歌い出した。


あなたはいま、幸せかな？

教えてほしいな

「え……ええ？」

本来なら、歌うの禁止、と詩音の口を塞ぐのが悟美の役目だ。普通の高校生は、こんな風に突然歌い出したりしない。

だが、悟美はそれができなかった。

詩音が歌い出したメロディが、どこかで聞いたことがあるような気がしたからだ。

音楽室のピアノのＡＩが、詩音の歌声に合わせて自動演奏を始める。まるで自らの意思で、詩音に協力するかのように。

　ひとりぼっちで歩いてるなら
　からっぽの手を伸ばして
「友達が欲しい」って言わなくちゃ

ピアノに乗せて伸びやかに歌いながら、詩音は悟美の手を取って十真たちを見る。つられてそちらを見る悟美。

目が合った綾が、反応に困ってぽつりと漏らす。

「……欲しいんだ、友達」

思わず頬を赤らめる悟美。そんなことない、と反論しかけたとき。

突然、音楽室のスピーカーから、本格的な伴奏が流れ始めた。

慎(つつ)ましやかに奏でられていたピアノと管楽器のインストから、本番の始まりを告げる力強いシンバルの響き。リズムを刻むドラムの助走を借りて、ストリングスが一斉に走り出す。五線譜モニタがそれを追いかけるようにきらめいて、ウインドチャイムの音と共に楽譜が表示されていく。

まるで魔法のようなその光景を見て、悟美は気づいた。

知らない歌。なのになぜか懐かしい歌。

そうだ。

この歌はどこか、ムーンプリンセスの歌に似てるんだ。

急に、詩音が走り出した。

綾の腕からシュシュを奪って自分の髪をくくる。悟美は咄嗟に緊急停止アプリを向けるが、キックに合わせてステップを踏むような詩音の動きにカメラの認識が追いつかない。

「私のシュシュ！」

綾の呼びかけにも止まらず、詩音はそのまま音楽室から飛びだしていってしまった。

「返してよっ！」

詩音を追う綾。それに続く悟美。十真は悟美を追いかけて、サンダーも再び三太夫を背負って「十真！」と走り出す。

「どーなってんだよ……」

最後に残されたゴッちゃんも、仕方なくみんなの後を追い始めた。

そんな後ろの大騒動を気に留めた様子もなく、詩音は廊下をスキップしながら歌い続ける。

魔法の言葉　知ってるかな？
叶えたいなら

ステップ、ターンを交えながら、詩音は廊下の途中に置いてあったイベントチラシを撒き散らす。それはただの悪戯というより、楽しそうに歌い踊る詩音の姿と相まって、舞台に舞う紙吹雪のようにも見えてくる。
追いついた悟美もその姿に一瞬見とれるが、はっと我に返ってその腕を取って止めようとする。しかしロボットの力には敵わない。
十真はその様子をスマートフォンのカメラ越しに見てみた。するとやはり、カメラには詩音だけが映っていない。

声にしてね　聞こえるように
いつだってプリンセスは
歌を歌って　踊っていたの

詩音は踊るように階段を降り、昇降口の玄関を開けて校舎の外へ。たまたまそこにいた掃除ロボットに手を差し伸べると、掃除ロボットも一緒に踊るようにその場でくるくる回り出す。駐車場の車たちは、詩音の歌声に合わせて光のコーラスを入れるかのようにライトを点滅させ始めた。

詩音は自由に歌い、踊りながら、運動場への階段を駆け上る。

幸せになるためだよ

友達に！　友達になろう！　って

歌声はさらに高らかに、伸びやかに広がっていく。歌うことで友達ができるんだ、そして幸せになれるんだと、少なくとも詩音が本気でそう思っていることが、その力強い歌声から伝わってくる。

幸い、運動場には他の生徒たちの姿はない。誰もいない運動場の朝礼台に登り、詩音は空に浮かぶ真昼の月へ手を伸ばす。

歌って、空に届くくらい

友達が！　友達が欲しい！　って

空気を抱きしめるように。風を纏うように。雲に微笑むように。空に届くように。詩音は踊り、歌う。その歌声を聴きながら、悟美はずっと、何かを思い出せそうで思い出せない、そんなもどかしい気持ちを抱いていた。

やっと詩音に追いついた悟美たちは、朝礼台の前に集まって息を切らせている。

詩音は朝礼台を飛び降り、悟美の両手を握る。

ひとりぼっちの時間は
もう終わりにしよう

詩音は、悟美を十真たちの方へ向かせて手を広げ、高々と歌い上げた。

「とーもーーだーちーほーしーーーー♪」

呆気にとられ、ただ呆然と詩音を見ることしかできない悟美。

動揺して、手に持ったままのスマートフォンに人差し指が触れてしまう。

スマートフォンのカメラはたまたま詩音に向けられており、そして緊急停止アプリも起動したままだった。

「あ」

詩音も一応、試験運用中のモニタ対象AIロボットとして登録されている。カメラが詩音を対応機種だと認識し、緊急停止プログラムが作動した。

歌いきった満足げな表情のままでフリーズする詩音。

そんな詩音と悟美を取り巻いている十真たち。

沈黙の時間が流れる。

そして、悟美が詩音に一歩近づいた、次の瞬間。

ばこん、と大きな音がして、詩音の腹部からメンテナンス用のコントロールボックスが飛び出した。

『ええええええええっ⁉』

声を揃えて驚く悟美たち五人。

ぎぎぎぎぎ、とまるでロボットのような動きで、悟美と他の四人が顔を見合わせる。

「……え……えーと……えぇ……？」

なにをどう説明したものか、悟美にはさっぱりわからなかった。

Scene. 4　ウォズニアック・テスト

「それって、ウォズニアック・テストじゃん！」

校舎裏に十真の嬉しそうな声が響く。

悟美から、詩音が星間の新型ＡＩの実地試験用ロボットであることを聞いた、その三秒後の反応であった。

「って、なにそれ？」

疑問を呈すゴッちゃんの横で、サンダーが停止した詩音の体を壁に立てかけている。力自慢のサンダーが苦労しているその様子は、詩音が見た目からは想像できないほどに重いことを物語っている。

ゴッちゃんの質問に、十真はごくごく簡単な説明をする。

「強いＡＩ……ああつまり、機械が人間の知性に迫るかどうかのテスト」

掃除ＡＩやピアノＡＩなど、一つの機能に特化したＡＩを『弱いＡＩ』としたとき、人間のようになんでもこなせる汎用ＡＩを『強いＡＩ』と表現することがある。ウォズニアック・テストとは、それを判定するためのテスト方法だ。

二〇一〇年、世界的に有名な大企業の創業者の一人であるスティーブ・ウォズニアックという人物が、こう言った。

「知らない家に上がってコーヒーを入れる機械を、我々は決して作れないだろう」

その発言を元に考案されたのが、ウォズニアック・テストである。ロボットがその任務をこなすためには、未知の家の中を自由に歩ける運動機能はもちろん、家の主人にコーヒー豆やマグカップのありかを聞いたりするための自然言語処理能力や、コーヒーの温度やカップを机に置く時のマナーなどの社会的協調性も求められる。このテストをこなすことで、晴れてそのロボットのＡＩは人間の知性に等しい『強いＡＩ』であると認められるのだ。

「はぁ……人間の知性って……」

完全に停止したままの詩音を見て、サンダーがぼやく。その腹部から飛び出たコントロールボックスを見ても、まだどこか信じられない、信じたくないような顔をしている。実はサンダーもまた、前川と同じく詩音に好意を抱いた一人だった。

綾は詩音から取り戻したシュシュを腕にはめ直しながら、横目でこっそりゴッちゃんの様子を窺っている。なんで詩音を追いかけてたの？　詩音になんの用だったの？　そんな言葉が、喉元まで浮かんでは消える。

「残念？」

思いきって聞くことができたのは、そのたった一言だった。もしかして、自分と別れて乗り換えようとしているのかも、と不安に思っていたのだが。

「だろうなぁ、前川のヤツ」

「え？」

「いや頼まれてさ。彼氏がいるか探ってくれって」

それを聞いて、綾は胸をなで下ろした。よかった、別れるつもりじゃなかったんだ！

一方、十真は詩音に興味津々で、サンダーが壁に立てかけた詩音の体をいろんな角度から眺めている。端から見るとかなり危ない光景だ。

「すごい、すごいよこれ。とうとう人間みたいに行動するＡＩが実現するんだ。これ、そのテストなんでしょ？」

「そう……なんだけど」

はしゃぐ十真とは対照的に、沈んだ表情の悟美。

「……誰かにバレたらおしまいなの。このテスト」

「いや、もうバレたぞ」

容赦のないサンダーの突っ込みに、綾とゴッちゃんも乗っかっていく。

「てか時間の問題でしょ。作ったヤツ、どういう女子高生観なの？」

「娘がミュージカルスターとか？」

「違うの！」

そのやりとりに、悟美は黙っていられず叫んでしまう。

「……私のお母さんなの。作ったの」

結果的に悟美の母をからかうような形になってしまい、バツが悪そうなゴッちゃん。しかし綾は、詩音への反感も相まって皮肉な返しをしてしまう。

「友達が欲しいぼっちちゃんとは全然似てないじゃん」

「よせって」

ゴッちゃんがたしなめるが、綾は止まらない。

「まっ、いいけどね。あんたに似てようが似てまいが、テストはこれでおしまいなんでしょ？」

確かに、綾の言う通りである。本来ならこのテストはここで終わりだ。

だが。

「待って！」

悟美は、どうしてもそれを認めるわけにはいかなかった。

「……お願い。見なかったことにして」

「はあ？」

「このテスト、お母さんがずっと準備してきたの。だから……」

「関係ない」

「お、お母さん！　男社会で出世したから、社内に敵が多いの。このテストで失敗したら、きっと足元すくわれちゃう」

さすがに綾も同じ女性として、大人の女性のリアルな苦労話にはむやみに嚙みつくことができない。拗ねたように顔を背ける綾をフォローするように、ゴッちゃんが続ける。

「あー、ホシマってそういう古臭いとこあるよな」

「そうなのか？」

星間についてあまり詳しくないサンダーが聞き返す。

大企業である星間エレクトロニクスには、旧態依然の年功序列や派閥闘争、男尊女卑などの悪習が未だ拭いきれずに残っている。優秀な女性技術者などは最もその弊害を受けやすい立場だ。景部高校には親が星間に勤めている生徒も多いため、そういった話もたまに漏れ聞こえてきた。

「まあ、左遷とかあるかもな」

左遷。そのリアルな言葉が、悟美の耳に刺さる。決してあり得ない話ではない。そうなると母のやってきたことがすべて無駄になってしまう。

「お願いします！　シオンのこと、秘密にしてください！」

頭を下げる悟美。サンダーは戸惑い、ゴッちゃんは何事かを考え込んでいる。綾はふんと鼻を鳴らしてそっぽを向く。「関係ない」と言わなくなっただけマシではある。

そして、十真は。

「うっほぉ！　やったぁ！　停止システムはA13と共通だ！」

全員がびくっとそっちを見る。声を上げた十真は、詩音のコントロールボックスに自分のスマートフォンを繋ぎ、何やらにこにこと嬉しそうにいじっていた。

「ああ、緊急停止した情報、ホシマには行ってないよ」

「わかるの⁉」

「この機体、完全にスタンドアローンっぽいし、ログ周りは共通規格だからあとは細工すれば……っと」

十真がいじっているスマートフォンは、それ自体はみんなが持っているものと大して変わらない。しかしその中にはマニアックなツールや十真自作のプログラムが詰め込まれており、中身はプロ顔負けの代物となっている。

「さすが十真先生」

賞賛するサンダーの後ろで、ゴッちゃんが呆気にとられて十真の姿を見ている。その眼差しは、楽しそうに機械をいじる十真に本気で感心していた。

やがて十真の作業が終わると、コントロールボックスが詩音の腹部に収納される。

そして再起動した詩音は、瞳をぎょろりと悟美に向けて跳ね起きた。

「おはよう、サトミ！」

「お……おはようじゃなくて！　みんなにバレちゃったのよ!?」

詩音に詰め寄ろうとする悟美。だが十真がそれを遮り、優しく詩音に語りかけた。

「えっと……芦森詩音さん」

「はい。芦森詩音です」

「君のテスト内容は、普通の高校生としてふるまうこと、だよね。だったら君は教室に戻るべきだ」

　クラスメイトと話しているところもあまり見たことがない十真が、ＡＩである詩音相手に流暢に喋っている。その姿をぽかんと見ている悟美。

「もうすぐ昼休みが終わる。普通の高校生なら？」

「教室に戻る」

「正解。今から戻れば、テストに合格する確率が高くなる」

「わかったわ」

　すぐさま詩音は踵を返し、校舎へと歩き始めた。自分の言うことは何も聞かない詩音が、どうして十真の言うことだと素直に聞くのか。悟美にはさっぱりわからなかった。

　実際には十真は、簡単な三段論法を使っただけだ。詩音は悟美を幸せにしたいらしい。悟美はテストが失敗すると幸せになれない。ならば、テストに失敗しない方法を教えれば詩音はそう行動する。ただそれだけであるが、この状況でそう考えてＡＩ相手に理路整然と話せるのが、十真の特異な点だった。

校舎へ向かう詩音を追いかけながら、十真は矢継ぎ早に質問する。

「ねぇ、ホシマのミラーニューロン型AIの発展形なの？　じゃ、自己想起型カオスニューラルネットワークが基礎ってこと？　当たりでしょ！」

普通の生徒には意味のわからない言葉をまくし立てながら詩音を追う十真を見て、綾が楽しそうにゴッちゃんに囁く。

「あいつが女子と話してるの、初めて見た。あ、ロボットか」

からかうようなその言い方に、ゴッちゃんは少しうんざりして顔を背けた。ゴッちゃんは十真のことを、すごいやつだな、と思って見ていたからだ。

「お前、そういうこと言うなよ」

そしてすたすたと、十真たちを追って歩いていく。

「あ……」

一人残された綾は、また余計なことを言ってしまった、と落ち込むのだった。

○

放課後。

暮れつつある学校の駐車場に、一台の車が停まっている。

詩音はその扉を開き、運転席で寝ている人間に声をかけた。

「本日のテスト、終了しました」

「ん……お、おう。終わったか」

星間ラボ主任、野見山である。試験期間の五日間は、毎日こうして野見山が迎えに来ることになっている。

「じゃあね、シオンさん」

「あとで連絡するから」

「ばいばーい」

同じクラスの生徒たちが、車に乗り込む詩音に声をかける。

悟美は、その様子を遠くから見ていた。

あの子たちは、詩音がロボットだなんて夢にも思っていないだろう。だけど少なくとも十真たちにはバレてしまった。十真の言ったことは本当だろうか。仮に緊急停止したことが星間に伝わっていないとしても、学校のセキュリティカメラの映像などからバレてしまわないだろうか。

お母さんは、大丈夫だろうか。

だが、今の悟美に何ができるわけでもなく、悟美はその不安を胸に抱えたままで家に帰るしかなかった。

○

深夜二時。

灯(あか)りの消えた天野家のリビングで、テレビモニタに映されたムーンプリンセスの映像だけが静かに流れている。

「モニタ消して」

帰ってきた美津子の言葉に反応したAIがモニタを消す。美津子は、テーブルに突っ伏して寝息を立てている悟美の肩を優しく叩いた。

「悟美。さーとーみ」

「ん……ううん……」

まぶたを開けて、ゆっくりと身を起こす悟美。

「お母さん……えっ、いま何時？」

「二時。珍しいわね、悟美がこんな」

悟美は滅多に夜更かしをしない。ましてやリビングで寝落ちするなどあり得ないと言ってもいい。しかし今日は、どうしても母の帰りを待ちたかったのだ。

「あ……今日、いろいろあって……」

半分眠っていた悟美の頭が、その「いろいろ」を思い出して急に覚醒する。

「あっ、お母さん！」

「ん？」

「……仕事で何か、変わったこと、なかった？」

何をどう聞けばいいのかわからず、そんな不自然な質問をしてしまう悟美。それに対して美津子は、少し考え込むようにして答えた。

「……あったわ」

悟美の不安が広がる。やはり何かあったのだ。もしかして、詩音のことがバレてしまったのか——

「大成功だったの！」

「……えっ？」

美津子の反応は、完全に悟美の予想外だった。

「実は、ずーっと関わってたプロジェクトの最終テストだったの！　初日の結果はパーフェクト！　ティーチングの成果がもう予想以上すぎて！」

「それは……おめでとう」

祝福の言葉も固くなってしまう。大丈夫だった？　本当に？

まだ理解が追いついていない悟美に、美津子が上機嫌で続ける。

「悟美、いつもありがとうね。このテストが終わったら、一緒に旅行とか行こうっ」

「……うん。嬉しい」

悟美はうまく笑顔を作れない。

「あっ、信じてないなー？　まっ、仕方ないか。今まで何度もドタキャンしてきたしね。ごめんっ！　でも、今度はホント。期待してて」

いつになく浮かれた様子の美津子。それを見ていると、やっと悟美の不安も少しずつ払拭されていく。

「……お母さん」

「なに？」

母に隠しごとをしている後ろめたさを圧(お)し殺(ころ)し、悟美はなんとか微笑んだ。

「お仕事、うまくいってよかったね」

「ありがとう、娘よ！」

がばっ、と美津子は悟美を抱きしめる。そして二人一緒になって笑う。

ここまで喜んでいるのだ、よくわからないけどきっと本当に大丈夫だったのだろう。悟美はひとまず自分にそう言い聞かせる。

あとは自分たちが、ずっと隠し通せばいいだけだ。

○

同じ頃。

十真は家で、いつものようにパソコンをいじっていた。

スマートフォンに繋がったノートパソコンの画面には、昼間の校内セキュリティカメラの映像が映っている。そのログを細かく解析していく。

コーヒーを飲もうと手を伸ばし、その手が空を切る。あれ、と目を向ける十真。

その目が、ライトスタンドにかけられているおもちゃを見て止まった。

直径十センチほどの、卵型のおもちゃだ。音声や映像を記録・認識して学習し、液晶画面に文章を表示させて返事をする、数年前に流行ったAIトイ。おもちゃなのに判断の機能を持つのがすごいとマニアの間で話題になった。

それを見るたびに、十真の脳裏に蘇る記憶がある。

小学校三年生のとき。場所は天野家、悟美の部屋。

悟美の母親がこのAIトイを持ち、優しいが真剣な声で悟美に問いかけている。

「悟美、教えて。これ、誰がやったの?」

十真はそれを、ドアの隙間から覗き見ている。そんな記憶だ。

「あー、バカバカバカバカバカバカ……」

頭を抱えてぐしゃぐしゃと掻きむしる十真。

これは、十真の人生で最大の、失敗の記憶。悟美と疎遠になってしまった、その原因だ。

十真は顔を上げ、パソコンのモニタを睨みつける。

「……今度は失敗しない」

第二章

CHAPTER 2

Sing a Bit of Harmony

Scene.1　ヒロインのピンチ

六月十日火曜日、午前六時。

〈おはようございます、サトミ。カーテンを開けますか？〉

「ちょ……ちょっと……待って……」

中途半端な時間に寝て、起きて、また寝たため、ムーンプリンセスの目覚ましまでに起きられなかった悟美をルームＡＩが淡々と急かす。覚醒しきらない頭で、しかし悟美の体は着替えや朝食の準備など、毎日のルーティンを機械的にこなしていく。

「今日も、元気で、頑張るぞっ、おー！」

「おー……」

半分眠ったままで母を見送り、数分後には悟美も家を出た。

あくびをしながら歩いていたが、バス停が近づくにつれて海岸からの冷たい潮風が頬に届き始め、さすがに眠気も取れてくる。

乗り遅れないように小走りで横断歩道を渡ると、バス停には珍しく十真が立っていた。

「お、おはよう、悟美」

「あ……うん、おはよう」

二人はぎこちない挨拶を交わす。登校が一緒になるのは久しぶりのことだ。小学校三年生までは毎日一緒に登校していたのに、とある出来事から別々になってしまった。あの頃に戻れたわけではないけど、少しだけ悟美は嬉しくなる。

「悟美のお母さん、何か言ってた？」

二人でバスに乗ると、十真はさっそく昨日の件について聞いてきた。その話をしたいのは悟美も同じだったので、昨晩の母の言葉をそのまま伝える。

「それが、お母さん、テストはパーフェクトだって……変よね？」

「やっぱり！」

「え？」

十真は急に生き生きと目を輝かせ、自分のスマートフォンを取り出した。

「実は、心当たりがあるんだ。昨日の夜、学校セキュリティのログを解析してみたんだけど……ほら、ここ」

片手でスマートフォンを操作し、画面を見せてくる十真。なんだか妙に楽しそうだ。

ふと、悟美は昔、似たような十真の顔を見たことがあるのを思い出した。幼い頃、とっておきのおもちゃを悟美にプレゼントしてくれた、あのときの顔だ。

あの頃の距離感を思い出し、悟美は無意識に十真に体を寄せて画面をのぞき込む。

「どこ？」

「っ」

想定外の接近に、思わず頬を赤らめる十真。

「……なに？」

「あ、えっと……誰かが、ホシマにニセの映像を送ったらしいんだ。だから、昨日の詩音は歌ってないし、緊急停止もしていない」

二枚のカメラ映像を交互に表示させる。片方は元のデータで、片方は星間に送られた偽物のデータだ。前者には詩音が映っているのに後者には映っていない。なるほど確かに、これならカメラの映像を見ただけでは詩音の奇行はバレないだろう。

「送ったって、誰が？」

「そんなの、一人しかいないよ！」

興奮した様子で勢いづいた笑顔を見せる十真。誰だろう。もしかしてお母さんが？　などと考える悟美。だが、十真は完全に予想外の名前を口にした。

「詩音さ！」

ぱちくり、と目を瞬（まばた）かせる悟美。詩音が、偽物のデータを星間に送った？

「詩音はスタンドアローン……ああつまり、ネットに繋がってないから、ホシマは詩音の行動をリアルタイムでモニタすることはできないんだ。多分プログラムとかの流出を警戒してるんだと思う。だから学校のセキュリティカメラに頼らざるを得ない。詩音はそれをわかってて、カメラの映像を改ざんしたんだよ！」

だんだん早口になる十真。よくわからないけど、だとしたら詩音も、テストに成功するために頑張っているということなのだろうか。だったらいいんだけど。

「ただ、一つわからないことがあるんだ。詩音はいったい、いつ映像を改ざんしたのか？スタンドアローンということは、逆に言えば詩音も直接接続しないとデバイスを操作できないってこと。なのにその様子がない。これは詩音にも聞いてみるつもりだけど、僕の考えだと――」

十真はひたすら嬉しそうに、楽しそうに、詩音が何をやったのかを考察・説明する。バスを降りて校門を抜けて校舎に向かいながらも、まだ技術的な話を続けている。

「――っていうわけで、理論上は可能なんだけど、このレベルで実現させたって話はまだ聞いたことがないなぁ。すごいんだよこれ！リアルタイムに映像が差し替えられてるんだ。つまり過去のデータベースから映像を自動生成――」

「ふふっ」

「――してるわけで……」

思わず笑ってしまった悟美を見て、十真のお喋り（しゃべ）が止まった。何か変なことを言ったかな、とおそるおそる十真は悟美に聞く。

「……どうしたの？」

「だって久しぶりじゃない？　こうやって話すの」

やけに嬉しそうに悟美が言うので、十真は動揺してしまう。

「そ、そっかな……」

「小学校三年以来！　十真、覚えてないの？」

「いや、その……」

覚えていない、わけがない。むしろ忘れたことなんて一日もない。

だけど十真はなんと言っていいのかわからずに、指先で頬を掻きながら目を逸らす。そんな曖昧な反応しか返せない十真に、悟美は不満そうに口を尖らせる。

「……難しい本は覚えてるくせに。そういうとこ、全然変わってないよね」

悟美の軽口が、小さな棘となって十真の胸に刺さる。

そうだ。自分はあの頃から変われていない。

変わりたいと、変わらなければと思っているのに。昔と同じ、上手く話せるのは趣味のことだけで、こういう大事なときには何も言葉が出てこない。

黙り込んでしまった十真を見て、言い過ぎたかな、と不安になった悟美は、取り繕うように続けた。

「でも、昨日はその……ありがとう」

「ああ……」

「助かった」

気まずかった空気が、少しだけ和らぐ。

悟美は考える。もしかしたら、今がチャンスなのかもしれない。

ずっと気になっていた。十真と話さなくなってしまったこと。ずっと思っていた。また昔みたいに、十真と友達になりたいと。

「あのね、前から話そうと思ってたんだけど。その……」

言え。言うんだ。勇気を出して。

「小学校の時——」

ゆっくりと、十真の顔を見る。

その悟美の視界いっぱいに、突然詩音の顔が割り込んできた。

『うぇっ⁉』

揃って間の抜けた声を上げる悟美と十真。

「サトミ！　いま、幸せ⁉」

こうして十真との仲直りは、またの機会となってしまった。

○

人気のない水飲み場の陰に詩音を連れて行き、十真のスマートフォンに入っている改ざんされたセキュリティカメラの映像を見せ、悟美が詩音に問いかける。

「詩音！　それ、あなたの仕業？」

映像を見た詩音は、いつもの貼りついた笑みでこともなげに答えた。

「みんなに頼んで、嘘ついてもらったの」

「みんなって？」

「カメラのみんなだよ」

その答えを聞いて、十真が興奮気味に叫ぶ。

「やっぱり！　それってセキュリティAIと協働してるってこと⁉」

十真の言葉の意味がわからず、首を傾げる悟美。

「……どういうこと？」

バスの中で十真は、悟美にこう説明した。「詩音はカメラに接続して操ったのではなく、カメラに自主的に協力してもらったのではないか」と。詩音の言葉からするとどうやら正解だったようだが、それは悟美用のわかりやすい説明だったらしい。詩音を相手にした十真は、遠慮なく専門的な言葉を解禁する。

「AI同士が対話し協働する、これってホントのブースティングじゃん！」

ブースティングとは、アンサンブル学習というAIの学習方法の一つだ。性能の低い複数の学習器を組み合わせることで高性能な学習器を生成する――簡単に言えば「みんなで力を合わせてすごいことをする」ということである。

通常、これは人間がAIに命令してやらせることだ。だが今回は、AI同士が対話してブースティングを実現させたのだ。十真が興奮して声を大きくしてしまったのも無理からぬことだった。

「十真、声大きいって！」

「あ……」

誰かに聞こえたらまずい、と思わず十真の腕を摑んで止める悟美。再び赤くなる十真。

その様子を見て、今度はなぜか詩音が嬉しそうに声を上げる。

「わぁっ、二人は友達ね！」

どうやら詩音にとって、『友達』というのが大事なキーワードのようだ。

「サトミ、幸せ？」

「えっ、そ、そんなんじゃなくて！」

「違うの？　幸せじゃないの？」

「ああもう、なんて言えばいいか……」

説明に困る悟美。いったい詩音は何をもって幸せだと言っているのだろう。別に、今の自分が不幸だとは思わない。だけど「不幸ではない」イコール「幸せ」ではないはずだ。実際、幸せだとも思わないし。この辺を詩音に理解させるにはどう言えばいいのだろう？

困り切った様子の悟美に、十真が助け船を出した。

「えっと……詩音」

名前を呼ばれ、詩音は十真の方を向く。

「つまり、幸せの定義は、人それぞれなんだよ」

詩音の顔から、珍しく笑みが消えた。

人それぞれ、というような曖昧な概念を最も苦手とするのがＡＩだ。きちんと定義づけしなければ判断に差し支えてしまう。校舎へ向かう悟美と十真の後を追いながら、詩音は食い下がる。

「じゃあ、サトミの幸せってなに？」

「さあね」

素っ気なく返す悟美。

だが、その返答はあながち適当なものではない。悟美は本当に、詩音の問いにどう答えればいいのかわからないのだ。

私の幸せって、なんだろう？

◯

ぴこん、という音と共に、モノホイールスクーターのランプが赤く光る。

〈ロックしました〉

電子ロックがかかったことを確認し、ゴッちゃんはヘルメットを外した。

「おはよう」

柱の陰から聞こえた声に、ゴッちゃんの手が一瞬止まる。

綾だ。

「……おう」

素っ気ない返事。そのままゴッちゃんはポケットに手を突っ込み、綾に目も合わせないまま駐輪場を出て行こうとする。

「あ……」

一歩踏み出す綾。足を止めるゴッちゃん。

何か言わなければ。そう思っているのに、綾の口からは何も出てこない。

どうしてこんなことになってしまったんだろう。綾は今、ゴッちゃんに何か言うのが怖かった。何かを言って、またあんな顔をさせるのが嫌だった。

先週の金曜日、雨が降る放課後の昇降口で。

『お前さ』

ゴッちゃんに言われた言葉が、雨音と共に脳裏に蘇る。

『他に、何かないのかよ』

すれ違いの放課後。

そんなつもりで言ったんじゃないのに、ゴッちゃんを傷つけてしまった。

それ以来、綾は怖がっている。どんな言葉がゴッちゃんを傷つけるのか、わからないから。ごめんなさい、という言葉さえも刃になるかもしれない。

だから綾は、ゴッちゃんに声をかけることができないでいるのだった。

「……あー」

気まずそうに、ゴッちゃんが小さく唸る。

わずかな希望を抱く綾。なんでもいい、ゴッちゃんから話しかけて欲しい。そうしたらきっと、そこからまた仲直りできる。そう思ってゴッちゃんの言葉を待つ。

そのとき、駐輪場の外から声が聞こえてきた。

「じゃあ、サトミの幸せってなに？」

「さあね」

詩音と悟美だ。その後ろには十真もいる。

綾に何かを言いかけていたゴッちゃんは、結局そのまま何も言わず、逃げるように悟美たちの元へと歩いて行ってしまった。

「おーう」

「あっ、おはようゴッちゃん」

朝の挨拶をする詩音に笑顔を返すゴッちゃん。悟美は駐輪場にいる綾には気づかず、不安な面持ちでゴッちゃんに声をかける。

「あ、あの」

「ん？」

「詩音のこと……」

「ああ、わかってる。秘密だろ？」

「ありがとう」

胸をなで下ろす悟美。ゴッちゃんは本来、不必要に事を荒立てない性格だ。

そんな悟美たちの様子を、綾が不機嫌そうに睨みつけている。せっかくゴッちゃんと話せるチャンスだったのに、悟美と詩音に邪魔された。ゴッちゃんにも優しくされて。告げ口姫のくせに。

顔を合わせるとまた憎まれ口が出てきそうで、でもゴッちゃんにそんな姿は見られたくなくて、綾は悟美たちを避けるように校舎へ向かう。

だが、詩音がそれをめざとく見つけてしまった。

「おはよう！　アヤ！」

綾の心情などお構いなしに、明るく挨拶をする詩音。

足は止めたが返事をしない綾に、悟美がおそるおそる声をかける。

「佐藤さん……詩音のこと……」

「知るか！」

一言そう叫び、綾は視線を合わせずにすたすたと歩いて行ってしまう。今の綾には、詩音も悟美も苛立たしくて仕方がなかった。

詩音のことをバラされては困る悟美が慌ててその後を追い、詩音も小走りでついていく。

そんな女子たちの背中を見て、十真がゴッちゃんに聞く。

「……大丈夫、かな？」

「なんで俺に？」

「えっと……彼女、だよね？」

「どうかなあ」

「どうかなって」

ゴッちゃんの答えに呆気にとられる十真。彼女じゃないと否定するならともかく、彼女かどうかよくわからない、などという関係があるのだろうか。男女の機微に疎い十真にはまるで理解できなかった。

〇

昼休み。

いつものように、電子工作部の部室でパンを食べながら、セキュリティカメラを覗き見している十真。柔道場のカメラには、サンダーがロボットの三太夫と組み稽古をしているのが映っており、背負い投げを決めたサンダーが「大丈夫か三太夫！」と叫んでいる。どうやらまた修理のようだ。

十真がパソコンを操作すると、誰もいなかった畳の上に突然、体育座りの詩音が現れた。

詩音が映っている映像と映っていない映像を何度か切り替える。なぜ柔道の稽古を見学しているのかは知らないが、詩音は今この瞬間もリアルタイムでカメラの映像を書き換えているようだ。

否、詩音の言葉を信じるなら、詩音に頼まれたカメラのＡＩが自分で書き換えている、ということだ。十真は考える。昨日の昼休みにはすでに改ざんが始まっていたので、それまでに詩音はどこかのタイミングで、校内にあるAIのいずれかに接続して協力を要請したのだろう。そして校内のセキュリティシステムで繋がっているAI同士が情報を共有し、それぞれが詩音に協力し始めた——と、いうことなのだろうか。そう考えれば、放送システムやAIピアノが詩音の歌に合わせて演奏を始めたことにも説明がつく。

AIの自律的な対話、そして協働。本当だとしたら革命的なことだが。

しかし十真は今、それよりも気になっていることがあった。

「………」

後ろを振り向く。いつもなら部員の石黒と鈴山が座っているはずの席には誰もおらず、その代わりになぜかゴッちゃんが座っていた。もちろん、今までゴッちゃんが部室に遊びに来たことなど一度もない。気まずい。

ゴッちゃんは飲み干したゼリー飲料の容器をくしゃっと丸めてゴミ箱に放る。それはゴミ箱にしか見えない外付けハードディスクの上にぽんと乗った。

このハードディスクをゴミ箱だと思わなかった人間は、今のところいない。もしもこのハードディスクにAIが搭載されていたら、自分のことをゴミ箱だと思い込むかもしれない。大丈夫、お前はゴミ箱じゃないよ、と心の中で慰めながら、十真はゴミを拾って本当のゴミ箱に捨て直す。

「ゴミ箱じゃねぇの、それ」

「……うん」

「あとさぁ、なんでそんなことできんの？」

「え？」

ゴッちゃんにパソコンのモニタを指さされ、慌てて画面を隠す十真。一応悪いことをしている自覚はあるのだ。

「あ、いや！　これはその！　詩音の改ざんに漏れがないかのチェックで——」

「すげーよな、素崎って」

ゴッちゃんが何を言っているのか、十真にはわからない。ゴッちゃんのようなクラスの人気者が、こんな自分の何をすごいと思うのだろうか。

「た……たいしたことないよ。セキュリティＡＩって言っても、覗いてるだけだから」

狼狽（ろうばい）する十真に、ゴッちゃんは淡々と続ける。

「自分で勉強したわけ？」

「うん。ホシマに入りたくて」

「俺らの親ってたいがいホシマじゃん。同じとこって嫌じゃね？」

「ＡＩの開発、やりたいんだ。ホシマってオークリッジのタイタンスリー使ってて、環境的には最高だから」

自分の得意分野だと途端に饒舌（じょうぜつ）になるのは、十真の悪い癖でもある。先ほどまでの狼狽はどこへやら、知らない者には呪文のようにしか聞こえない単語を並べながら熱く語り始めた十真を、ゴッちゃんはどこか羨ましそうに見ている。

「夢とかあんだ。いいよな、お前らは」

「えっ」

くるりと椅子を回し、背中を向けるゴッちゃん。何を言っているんだろう、と十真は思う。明るくて格好良くて、男子にも女子にも人気があるくせに。

「……いや、僕からしたら、運動とか、勉強とか……彼女とか……うらやましいのはこっちだよ。あーもう言ってて嫌になる」

椅子を回してゴッちゃんに背を向け、再びパソコンと向き合う十真。そのままふてくされたようにキーボードを叩き始める。

その背中に、思いのほか真剣なゴッちゃんの声が刺さった。

「真面目に言ってんだ」

一瞬、十真の手が止まる。

背中合わせのままゴッちゃんは、真っ暗で何も映さないノングレアのモニタを睨みつけている。そこに、光沢のないくすんだ自分の姿を見ているかのように。

「俺、なんでも八十点なんだよな。勉強とか運動とか」

「八十点……」

昨日までゴッちゃんは、素崎十真という同級生のことを特になんとも思っていなかった。

しかし、詩音というAIロボットの転入生がやってきて、詩音が引き起こしたドタバタに巻き込まれ、ゴッちゃんは知ったのだ。十真が、自分にはない、百二十点の輝きを持っているということを。

「だいたい二番か三番。広く浅く。親友とかいねーし、のめり込める趣味とかねーし……ほんと、すげーよ」

ゴッちゃんの独り言のような呟きを、十真は意外な思いで聞いている。

十真はゴッちゃんを、別の世界の人間のように思っていた。自分が負け組ならゴッちゃんは勝ち組。運動も勉強もでき、友達や恋人に囲まれて、なんの悩みもなく楽しい高校生活を謳歌(おうか)しているのだと。

なんでも八十点。十真に言わせればそれも十分羨ましい。だが、どれだけ努力しても百点が取れないのだとしたら。あるいは、そもそも百点を取りたいと思えることがないのだとしたら。

十真は自分を、なんでも五十点の男だと思っている。だが、絶対に百点を取りたいことがある。それはもしかしたら、ゴッちゃんから見たら、本当に――

そのとき、ガラガラと部室のドアが開いて、柔道着姿のサンダーが駆け込んできた。

「十真ぁ！　俺の三太夫がぁ～」

「はぁ……今、直さなきゃダメ？」

「明日、試合なんだよぉ」

一気に緊張が解けた様子で、サンダーと言葉を交わす十真。

ゴッちゃんはそんな二人の様子を見て、羨ましそうに笑うのだった。

○

その頃、悟美は詩音を探して廊下をうろうろしていた。

母のテストが成功するように、詩音をしっかり見張っていなければいけない。昨日は詩音とカメラＡＩの協働？　による映像の書き換えのおかげで、星間は詩音の正体がバレたことに気づかなかったらしい。だけどそれが今日も上手くいくとは限らない。結局は、詩音が妙なことをしなければそれでいいのだ。

なのに詩音は、昼休みになった途端にどこかへ消えてしまっていた。

「あっ」

階段から十真たちが降りてくるのを見つけ、駆け寄る悟美。ちょうどいい、十真なら知っているかもしれない。

「ねえ、詩音見なかった？」

「詩音？　えっと……柔道場だと思うけど」

さっきまで覗き見していたカメラの映像を思い出しながら十真が答える。

その声をかき消すように、急に廊下の向こうが騒がしくなった。

「うおっ」「びっくりした」「先生呼んだ方がいいって」「ヤバくない？」

騒ぐ生徒たち。悟美たちもそちらの方へ顔を向ける。

廊下の真ん中に、本来そこにはいないはずの存在が立ちはだかっている。

それは、柔道着を着たつぶらな瞳の人型ロボット、三太夫だった。普段は柔道場にいるので、見慣れていない生徒たちが驚きの声を上げている。

「三太夫……なんでこんなところに……」

目を見張るサンダー。先ほど柔道場で投げ飛ばしたときに動かなくなったはずだ。これから修理のために十真を連れて柔道場へ戻るところだったのだが——

「聞いて聞いて！」

「うわっ！」

詩音はいつでも突然現れる。急に後ろから声をかけられて驚く悟美たち。

詩音がこういう登場の仕方をする時は、大抵何かをしでかす時だ。そしてこのタイミングで同じく突然現れた三太夫と無関係だとは思えない。警戒する悟美に、詩音はかわいらしく両手を合わせて続ける。

「サトミを幸せにする方法、思いついちゃった」

「こっ、今度は何よ！」

妙に嬉しそうな詩音。たまらなく嫌な予感がする悟美。

「ヒロインが幸せになるには……タターン！　ピンチが必要なのです！」

意味のわからないことを言いながら、両手を左右に開いて大発表。そして詩音は三太夫を指さす。

「彼、協力してくれるって♪」

それを合図に、三太夫はアイセンサーをぴかっと光らせて、ファイティングポーズを取った。

驚いて後ずさった生徒たちの間を通り、ゆっくりと悟美に迫る三太夫。がしゃん、がしゃんと、下手な操り人形のように一歩ずつ迫り来る。

「わ、私、ヒロインじゃないから！」

悟美の抗議を無視して、三太夫はついに悟美に向かって走り出した。がくがくと手足の可動部を揺らしながら迫り来るその動きは、さながら素早いゾンビのようだ。

「なんだこいつ？」「誰か、停止アプリ！」「暴走してるぞ！」

だんだんと騒ぎが大きくなってくる。だが詩音はそれをまったく気にせず、さらに状況を悪化させる。

「あっぷなぁーい、暴れロボだぁー」

詩音がパチンと指を鳴らす。

すると廊下に大音量で、不穏な音楽が流れ始めた。足を踏みならし手を叩きたくなるような、闘争心を煽るその音楽に合わせ、三太夫は体を揺らす。

「また放送システムが？」

スピーカーを探してきょろきょろする十真。

そこへ、三太夫が突っ込んできた。

「危ない！」

咄嗟に悟美が、十真の体に飛びついて押しのけた。思わず赤面する十真。勢い余った三太夫はどすどすと廊下を走って止まり、振り向いて再び悟美を狙う。

「なに考えてんのよ！」

怒鳴る悟美の後ろから前川が歩み出て、三太夫にスマートフォンを向けた。

「俺が止めてやる！」

それはまったく正しい行動だった。こういうときのための緊急停止アプリだ。しかし三太夫の横では、詩音が脳天気にダブルピースをちょきちょきしている。このままでは詩音も停止してしまい、ロボットであることがバレ、母のテストは失敗だ。悟美は慌てて前川を止める。

「ちょっ……待って！　それじゃみんな止まっちゃう！」

「み、みんなって？」

「あ、えーっと……」

戸惑う前川に、当然ながら悟美は説明できない。

「いいわいいわ、ピンチっぽい」

ぶりっこポーズで嬉しそうな詩音を恨めしそうに睨む悟美。まったく、余計なことばっかり！

「と、とにかく、他の方法を考えましょ」

事情を説明することもできず、一方的な提案しかできない悟美。当然周囲はそれで納得するはずもなく、状況は次第に混迷の度を増してくる。

「……はぁー」

その事態を収拾するために、動いたのはゴッちゃんだった。

「さあさあお立ち会い！」

ゴッちゃんは両手を広げ、周囲の生徒たちに聞こえるように声を張り上げた。

「暴走するロボを、柔道部員、サンダーこと杉山紘一郎が止めてごらんに入れます！」

「え？　え⁉」

突然名指しされて戸惑うサンダー。一方教室からは、ゴッちゃんの声を聞きつけた綾が何事かと様子を見に来る。どんな騒ぎの中でもゴッちゃんの声だけは聞き逃さない。

「ただいま柔道部は、中途入部を大募集中。君も、華麗な一本背負いを決めてみないかっ」

ゴッちゃんに目配せされ、ようやくサンダーもゴッちゃんの意図を察する。そしてサンダーは三太夫に向かって構えを取り、芝居がかって叫んだ。

「こっ、こいつは俺が止めるっ。手を出すな！」

「勧誘？」「なんだ、びっくりした」「でも、面白そうじゃん」

これが柔道部の余興であると、上手いこと生徒たちに思い込ませることができた。多少強引ではあったが、こういうときに周囲を巻き込んで問答無用に空気を変えられるカリスマ性がゴッちゃんにはある。あとはサンダーが三太夫を倒してしまえば解決だ。頑張れサンダー！　負けるなサンダー！　周囲の期待がサンダーに熱く注がれる。

そしてサンダーと三太夫が組み合った、その直後！

「ぐえ」

『はぁー』

あっさり出足払いを決められるサンダーに、観客たちが一斉にため息をついた。しかもサンダーは襟をがっちりと三太夫に掴まれ、背中が叩きつけられないようかばわれている。暴走しているかのように見えても、きちんとルールを守る三太夫だった。

「なんだよー」「サンダーよわっ」「もっと弱い設定にしとけよ」

「くっ……」

悔しそうに顔を歪ませるサンダー。こういったいざという場面で勝てないのが、サンダーの目下の課題である。

そのとき、生徒たちの後ろから、悟美のクラスの担任が呆れ顔でやってきた。

「お前ら、なにやってんだ」

担任は三太夫にスマートフォンを向け、緊急停止アプリを作動させる。当然ながらアプリはその後ろにいる詩音も対象として認識したのだが、担任はそれに気づかない。

動作を停止させる三太夫と詩音。やばい、と気づいた十真とゴッちゃんが駆け寄り、生徒たちの目から詩音を隠す。

その直後、詩音の腹部から勢いよく飛び出したコントロールボックスが、ひ弱な十真の鳩尾に直撃した。

「はうっ!」

「耐えろ、十真っ」

十真の献身のおかげで、生徒たちには見られていない。慌てて悟美も走ってきて、ゴッちゃんと二人でフォローを入れる。

「えーっ？　芦森さん気分悪いの？」

「そりゃ大変だ！　保健室に連れていこう」

「おーい、お前らー？」

「失礼しまーす！」

担任の声を無視し、悟美たちは逃げるように詩音を連れて行く。

「……バカじゃないの」

ゴッちゃんのことが気になって様子を見ていた綾は、くるりと背中を向けて逆方向へ立ち去っていく。ゴッちゃんとわちゃわちゃやっている悟美たちが、羨ましくて恨めしかった。

Scene.2　王子様はゴッちゃん

図書館の本棚の陰で、誰か来ないか見張りながら、悟美が十真の様子を窺う。

「十真」

「あと二十秒」

十真は停止してしまった詩音の復旧作業を進めている。それを見ながら、サンダーとゴッちゃんが不思議そうに言った。

「やっぱり、ロボなんだよな」

「一瞬忘れるよな」

コントロールボックスと繋いだスマートフォンを手慣れた様子で操作しながら、十真は復旧のついでに詩音のプログラムを少しだけ書き換える。

「緊急停止装置は外しておこう」

「できるの？　そんなこと」

「バレないよう、あとでいったん戻すけどね。こんなの、後付けでくっつけたくだらない機能だから」

珍しく強い言葉を使う十真。ＡＩの自律を阻害するような機能はＡＩの発展の妨げになると十真は思っている。その機能を難なく解除する十真はどこか得意げだ。子供の頃とまったく同じ顔で、夢中になって機械をいじる十真を見て、悟美は小さく微笑む。

「……っと、よし」

コントロールボックスがしまわれ、詩音が再起動する。

詩音はぱちぱちと瞬きした後、飛び起きてやはり悟美に食らいついた。

「おはよう！　サトミ、幸せになった？」

「なるわけないでしょ！」

悟美たちの苦労など気にした風もなく、詩音は頰に指を当てて「あれー？」と首を傾げる。

「えー、ピンチになると、王子様が助けに来てくれるのに？」

「王子……さまっ」

悟美は思わず頰を赤らめる。

正直、悟美はそういうのが嫌いではない——いや、初めてムーンプリンセスを見た子供の頃から、今でもやっぱり大好きだ。だが、高校生にもなってそんなのは恥ずかしいとも思っていた。

「すっげー少女漫画」

からかうようなゴッちゃんの声。ほら、やっぱり。

「べ、別にそういうの求めてないから……彼氏ができたら幸せとか、単純すぎっ！」

「彼氏じゃなくて、王子様だよ？　白い馬に乗って——」

王子様、という言葉にこだわる詩音が、何かに気づいて息を吞む。

「そっか！」

「え？」

「ふふーん、今度は大丈夫。任せてっ」

「あ、ちょっと！」

またもや一人で勝手に走って行ってしまう詩音。その後を追う悟美と十真。もはや見慣れつつある光景に、サンダーがぽかんと口を開ける。

「なんだ？」

「白馬でも探しに行ったんじゃねーの？」

「は？」

「……冗談だよ」

サンダーに真面目な顔で聞き返され、少し恥ずかしそうなゴッちゃんだった。

○

降り出した雨が机を濡らしたので、マユミは教室の窓を閉じた。

さっきからずっと、綾が不機嫌そうにしている。理由はわかりきっている。ゴッちゃんが、綾を置いて悟美たちと仲良くしているからだ。しかし素直にそれを認めようとしない綾に、リョーコが半ば呆れ気味に言う。

「いい加減、仲直りしたら？」

「別に喧嘩してないし」

リョーコやマユミからすれば、ただ綾が意地を張っているようにしか見えない。しかし綾にとって、それは決して嘘ではなかった。

そうだ。私とゴッちゃんは、喧嘩なんてしてない。これは喧嘩にもなってない……それ以前の、すれ違いだ。

そんな綾の微妙な心情を知ってか知らずか、リョーコとマユミは焚きつけるように不安を煽っていく。

「ゴッちゃんモテるんだから、浮気されても知らないよ？」

「浮気が本気になるかも」

「……っ」

あり得なくはない、と思ってしまう綾。ゴッちゃんのことが信じられないのではない。自分なら大丈夫だ、という自信が持てないのだ。

そこへ、空気の読めない詩音がやって来た。

「ねえ！　王子様、見なかった？」

「は、はあ？　いるわけないじゃん、そんなの」

ばたばたと騒がしいその様子に、また何をしでかす気だこいつは、とジト目で返す綾。

しかしリョーコとマユミは何も知らないので、余計なことを言ってしまう。

「うちの学校の王子様って言ったら、ゴッちゃんでしょ」

「そうそう！　頭もいいし、スマートだし、勉強もスポーツも。ねえ、綾」

「ゴッちゃんね！」

リョーコとマユミは綾をからかう目的で言ったのだが、詩音にはそんなこと関係ない。求める答えを得た詩音はそれ以外のことに一切の興味を示さず、教室を出て行った。

呆気にとられて綾が呟く。

「……なんなの？」

嫌な予感しかしない。

◯

「あー、見失った……」

悟美と十真はまだ詩音を探していた。バッテリーが切れない限り疲れることのない詩音を、人間の足で追いかけるのが土台無理な話ではある。

「部室のカメラで探してみる。見つかったら連絡するから」

「うん……もう！」

十真は上へ、悟美は下へ。手分けして再び探しに行く。

一方、ゴッちゃんとサンダーは積極的に探そうという気もなく、二人でのんびり廊下を歩いていた。

「悪かったな、さっきは」

「なにが？」

「一本背負いとか、無茶振りして」

「みっともないのは慣れてる」

サンダーの言葉に、足を止めるゴッちゃん。

「俺、本番に弱くて。試合、勝ったことないんだ。明日こそっ」

気合いを入れるサンダー。ゴッちゃんにはその気持ちが理解できない。どうしてそんなに頑張れるのだろう。みっともないところをみんなに見られて、どうして続けられるのだろう。

「やめたくならねーの？　柔道」

「なんで？」

不思議そうな顔でサンダーが振り返る。その顔は強がりでもなんでもなく、なんで試合に勝てなかったらやめたくなるんだ？　と、本気でわかっていない顔だ。

ゴッちゃんは虚を突かれて目を丸くする。どうしてやめたくならないのか。そこに理由など必要ないのだ。ただやりたい理由があればそれでいい。それが本気になるということなのだろう。

サンダーや十真にはそれがある。今のゴッちゃんには、ない。

「……ダメだなー、俺は」

「なにが？」

「お前らはすごいってこと」

おどけて言うゴッちゃん。だがそれは、紛れもなくゴッちゃんの本音だった。

「あ！　ゴッちゃん！」

詩音はいつでも突然現れる。

空気を読まずに駆け寄ってきた詩音を見て、なぜか頬を染めるサンダー。詩音はゴッちゃんの目の前で止まり、一切の説明を抜いて結論だけを述べた。

「ゴッちゃんが、王子様なのね！」

素直なサンダーは、その言葉をそのまま受け取ってしまう。

「え……そうなのか⁉」

「んなわけないだろ」

自嘲気味に笑うゴッちゃん。俺が誰かの王子様になんてなれるわけがない、と。その脳裏には、綾の顔が浮かんでいる。

だが、ゴッちゃんの心の機微など今の詩音には通じなかった。

「確認します」

「えっ⁉　な……なに……！」

詩音は両手をゴッちゃんの首の後ろに回し、がっちりとホールドする。その細腕からは想像できない力に、いったい何をされるのかと焦るゴッちゃん。

そして。

「んっ！」

勢いよく突き出された詩音の唇が、ゴッちゃんの唇に襲いかかった。

突然目の前で繰り広げられた光景に愕然とするサンダー。キスした。キスした！

「あ、あああ……お、お、おまっ……」

「きゃあああああ！」

廊下の向こうから現れた二人の女子生徒が、その光景を目撃する。

その事実は、スマートフォンを通して光の速さで学校中に拡散、共有された。

「ゴッちゃんが、あの転校生とキスしたって！」「転校生って、あの美人の⁉」「綾と付き合ってんじゃないの？」「やるなー、さすがゴッちゃん」

無責任で楽しいざわめきはどんどん膨らんで二年三組にも届き、ゴッちゃんの友人であり詩音に惚れている前川の耳にも届く。「なんだよそれ！」と憤慨する前川。

しかし、それをかき消す勢いで立ち上がって叫んだのは、綾だった。

「なんなのよそれ！」

意味がわからない。どうせまた何かしでかすとは思っていたけど、よりにもよってゴッちゃんと⁉　頭の中がぐちゃぐちゃになる。とにかく、行かなければ。

「頑張れ、綾！」

「負けるな、綾！」

リョーコとマユミに激励されながら、綾は肩を怒らせて教室を出て行った。

○

事件現場では、まだゴッちゃんが詩音に捕まったままだった。

二人がキスをしたという衝撃から立ち直れないサンダー。だが興味はある。もうちょっとだけじっくり見てみよう、そう思って目を向けてみると、あることに気づく。

ギリギリ。本当にギリギリのところだが。

ゴッちゃんは、すんでのところでひょっとこのように自分の唇をねじ曲げ、詩音とのキスを回避していたのだ。

「むぅ……本物かどうか、確かめられないよ」

だが、それで諦める詩音ではない。唇を突き出し、キツツキのように再びゴッちゃんの唇を狙っていく。

「んっ！　んっ！」

「でぇい！　ちょっと来い」

華麗なステップで詩音の口撃をかわし、ゴッちゃんはその腕を捕まえて歩き出した。

「どこに？」

「天野のところだ！」

「やった！　その気になってくれたんだ！」

どの気なのか、ゴッちゃんにはさっぱりわからなかった。

○

当然ながら、その騒ぎは悟美の耳にも届いていた。詩音を探して階段を上る途中、キャーキャーとはしゃぎながら走っていく女子たちを見て途方に暮れる。

「あのバカ、今度はなにを思いついたのよ……」

「あっ、天野！」

悟美を見つけたゴッちゃんが、助かった、とばかりに詩音を引っ張って走ってきた。

物見高い生徒たちに見つからないよう階段の陰に身を隠し、声を潜めながら、単刀直入に詩音の状態を報告するゴッちゃん。

「詩音が変だ」

「詩音はいっつも変よ」

「変じゃないよ」

「変だよ！」「いや変だろ！」

息ぴったりの二人を見て嬉しそうな詩音。

「とりあえず、十真の部室に隠れてて」

「りょ、了解」

詩音を悟美に預け、ゴッちゃんは詩音から距離を取る。詩音はいったい何を考えてこんな暴挙に出たのだろう。この騒動が綾の耳に届いていたらどうなるか、考えただけで眉間のシワが増える。

「あーん待って、王子様ぁ」

追いすがろうとする詩音の腕が、今のゴッちゃんには魔の手としか思えない。

「あれは佐藤さんの王子なの！」

ゴッちゃんを追いかけようとする詩音を必死で引き止める悟美。すまん天野、あとは任せた。心の中で悟美に謝りながら、ゴッちゃんは屋上へと逃げていった。

○

「ねえねえ、見つかった?」

女子生徒たちが、楽しそうにゴッちゃんと詩音の行方を探している。他にも多くの無関係な生徒たちが、興味本位で二人がどうなるか見てやろうと動き回っている。

だが、誰よりも真剣に二人を探しているのは、当然ながら綾だった。

「あっ……」

急に黙り込んだ女子生徒たちの横を、眉を吊り上げた恐ろしい剣幕の綾が通り過ぎていく。

「あいつ、ロボットのくせに……」

せっかく黙っていてあげたのに。こんなことならさっさと星間に勤める父に報告して、詩音を追い出してやればよかった。許せない。詩音が、そして悟美が。

がちゃり、とドアの開く音。

綾が目を向けると、廊下の一番奥、音楽室の扉が小さく揺れていた。その隙間から、悟美と詩音の会話が漏れ聞こえてくる。見つけた。感情のままに足を進める綾。

「なによ王子様って」

「だって、ムーンプリンセスも王子様に助けてもらったよ」

「ムーンプリンセスって、なんでそれ――」

何を話していようと関係ない。会話を遮ってドアを開け、綾は音楽室へと踏み込んだ。

静まりかえる音楽室。驚いている悟美と、何を考えているのかわからない詩音。自分に向けられた二つの視線が、まるで自分のことを部外者扱いしているようで、ふざけるな、と叫び出したくなる。

ずかずかと歩み寄り、綾は悟美を睨みつける。

「あんたの仕業?」

「……なんのこと?」

眉根を寄せる悟美。綾が怒っているのはわかる。きっと、詩音とゴッちゃんの話を聞いたのだろう。だけど、私の仕業というのはどういうことだろう?

戸惑う悟美の表情に、綾の怒りが膨れあがる。この期に及んでとぼけるのか。ゴッちゃんとの仲を邪魔するばかりか、奪うような真似までしたくせに。

「ゴッちゃんにキスしろって命令したんでしょ」

AIは人の命令に従って動く。そのくらい綾も知っている。なら、詩音にふざけた命令をしたのは誰だ? 悟美しかいないではないか。告げ口姫と呼ばれたことの腹いせか? 私を差し置いてゴッちゃんと楽しそうにして。ずっと我慢してたのに!

身に覚えのない怒りを向けられ、悟美は否定することしかできない。

「そんなことしない」

「じゃあ、このポンコツが勝手にやったっての?」

ポンコツと呼ばれた詩音は、いつもの笑みを浮かべて綾に答える。その表情が、今の綾にはたまらなく腹立たしい。

「勝手になんかしないよ。命令がないと――」

「ロボットは黙ってな」

「はむっ」

綾に言われ、両手で口を塞ぐ詩音。

その言い分に、さすがの悟美も不快感を覚える。確かに、詩音は綾に迷惑をかけている。だけど、ここまで好き勝手に言われる筋合いはない。そもそも、綾とゴッちゃんの喧嘩は二人の問題のはずだ。

「そんな命令、きかなくていい」

少し低くなった声が、悟美の静かな怒りを物語っている。

詩音は口から手を離し、再び喋りだす。

「――命令がないと、私は何もできないから」

悟美に言われた通りにする詩音。綾からすれば、それは詩音が悟美の命令を聞いている証拠でしかなかった。

「やっぱり……あんたのせいじゃない！」

綾は悟美に詰め寄り、手を振り上げて、悟美の頬に振り下ろす。

だが悟美は、その腕を摑んで止めた。

至近距離で睨み合う二人。強くなり始めた雨音が、音楽室の窓を叩いている。

「……ぶちまけてやる。こいつがロボットだってこと」

「やめてっ。こっちはお母さんの人生がかかってるの」

「告げ口姫の親なんて知ったこっちゃないわ」

「お母さんをあんたたちのくだらない痴話喧嘩に巻き込まないでっ」

「くだらないって何様？　どうせ羨ましいんでしょ」

「全っ然羨ましくないから！」

「だったら私のゴッちゃんにちょっかい出さないでよ！」

二人の口論は、感情にまかせてだんだんとヒートアップしていく。

そこへ突然、穏やかな詩音の声が割り込んだ。

「ゴッちゃんは、アヤのものじゃないよ」

「……えっ？」

思わず口論を止め、詩音に顔を向ける二人。

詩音は中庸な表情で、淡々と言葉を紡ぐ。

「ゴッちゃんには、お姫様を選ぶ自由があるんだよ。アヤもそうだよ。他の王子様がいるかもしれないよ？」

「っ……」

その言葉に、綾はショックを受けて口を引き結ぶ。

綾だって、それを考えたことはあった。

もしかしたら、自分とゴッちゃんは違うのではないか。お互いに、もっと幸せになれる相手がいるのではないか、と。

雨降りの金曜日。あの日の放課後から、ずっとすれ違いが続いていた。

昼休み、教室でリョーコとマユミにゴッちゃんの好きなところを聞かれ、ゴッちゃんの魅力をいくつか挙げた。顔。スタイル。成績。運動神経。ゴッちゃんのことを知っていれば、言われなくてもわかることばかりだ。

でも、その日の放課後。それを聞いていたゴッちゃんに、言われてしまった。

「お前さ、他に何かないのかよ?」

そう言ったゴッちゃんの傷ついた目が、忘れられない。

違うのに。私はただ、私だけが知ってるゴッちゃんの魅力を、誰にも教えないで独り占めしたかっただけなのに。

そんなつもりはないのに、ゴッちゃんのことを傷つけてしまった。それはもしかしたら、傷つけようと思って傷つけるより、ずっと酷いことなんじゃないか。私はゴッちゃんのことを、何もわかってないんじゃないか——

「そんなことない！」

綾は悟美の手をふりほどき、痛切な声で、折れそうになる自分を怒鳴りつけた。

「私、ずっと……ゴッちゃんだけ見てきたんだから……意外と寂しがり屋で、顔色読むの難しくて、でも、ちゃんと傷ついて……」

自分だけが知っているゴッちゃんがいる。自分だけが見てきたゴッちゃんの顔がある。私が見つけたんだ。それは絶対に、私自身にだって否定させない！

「私にはわかるのぉ！」

綾の肩が震え、両目から涙が溢れ出す。

「……今も目で追ってる……喧嘩したのに、ゴッちゃんのことばっかり……」

なんでこんなことを悟美に言ってるんだろう。文句を言いに来たはずなのに。こんな弱音、絶対に見せたくない相手のはずなのに。

「もう最悪だよぉ……」

綾は、子供のように泣きじゃくっている。

そんな綾の姿を見て、悟美は、子供の頃を思い出していた。

十真と決別してしまったとき。

卵型のＡＩトイを手にして、寂しそうに背を向ける十真の姿。

それは今でも後悔している、大切な関係が失われた瞬間。ほんの少しの勇気が出なかっただけで、それがずっと戻ってこなくなることを悟美は知っている。

だけど、それは。

「……行こう」

悟美は綾の手を取って、歩き始めた。

それは、ほんの少しの勇気さえあれば、きっと失われたりしない。

「時間は解決なんかしてくれない。傷口が固まっちゃうだけ」

固まった傷口。十真との思い出。歩き出すのは綾のためだけじゃない。これは悟美の復讐だ。勇気が出なかったあのときの自分への、復讐なのだ。

「っ……離してよ」

戸惑う綾の声を聞いても、悟美は決してその手を離さなかった。

Scene.3　Umbrella

雨が降っている。

屋上にある電子工作部の部室に集まった十真、ゴッちゃん、サンダーの三人は、濡れた頭をタオルで拭きながら、なんでこんなことになったのかを話し合っていた。

「そもそも、なんで喧嘩してるの？」

「お前らが仲良くやってりゃ、こんな面倒なことになってない」

十真とサンダーに綾との不仲の理由を聞かれ、仕方なく口を開くゴッちゃん。

「……くだらねーこと言ってたんだよ」

ゴッちゃんは思い出す。あの日も雨が降っていた。

先週の金曜日。教室で綾が、友達にゴッちゃんのことを自慢しているのを、ゴッちゃんは聞いていた。

「顔がいいでしょ？　スマートでしょ？　勉強もスポーツもできるでしょ？」

得意げに、自分のことをそう話していた綾。八十点の自分の、八十点のところばかりを自慢する彼女。他にはないのかよ、と嫌になる。綾が、そして何よりも自分が。

放課後の昇降口で、ゴッちゃんはそれをそのまま綾に言ってしまった。

「お前さ、他に何かないのかよ？」

そのとき綾がどんな顔をしていたのか、ゴッちゃんはよく思い出せない。それ以来、綾とゴッちゃんは気まずいままだった。

ゴッちゃんの回想話を聞き終えた十真とサンダーは、どうにも理解できない、という表情で首を捻（ひね）っている。

「……あー……意味わからん」

率直な感想を漏らすサンダー。

「俺じゃなくてもいーってこったろ。自慢できるやつなら誰だって」

「自慢って……褒めてんじゃん」

素直に喜べばいいのに、という十真の思いもゴッちゃんには届かない。

「嬉しくねーよ。俺はブランドバッグじゃねーっての」

不機嫌そうにタオルを投げ捨てるゴッちゃん。

だって、オール八十点のブランドバッグは、オール九十点のブランドバッグが見つかれば、捨てられてしまうじゃないか。

わかっている。八十点なのは自分のせいだ。なのに綾に八つ当たりしてしまった自分が、ゴッちゃんはたまらなく情けなかった。

そのとき、不意に雨音が強くなった。

顔を向ける。部室のドアが開いている。そこには悟美が立っている。

「後藤くん……」

悟美が横に動く。

その後ろで、綾は冷たい雨に打たれていた。

「……綾」

虚を突かれた表情のゴッちゃん。綾は何かに怯(おび)えているような目でゴッちゃんを見つめている。

一歩を踏み出そうとしない綾の気持ちが、悟美には痛いほどわかる。怖いよね。何かがもっと壊れてしまうかもしれないから。でも。

悟美は、綾に優しく声をかける。

「後悔したくないなら、勇気を出して」

それでも綾は動かない。動けない。ほんの少しの勇気が出ない。

綾の視線に責められているような気がして、いたたまれなくなったゴッちゃんが席を立つ。

「濡れるぞ。中、入れよ……俺、出てくからさ」

「あ……」

そう言ってゴッちゃんは綾の横を通り過ぎ、外に立っていた詩音には目もくれず、雨の降る屋上を歩いていく。綾のことを思いやっているようで、本当は逃げ出しただけだ。

綾はその背中に何も言えない。ゴッちゃんが傷ついているのがわかるから。これ以上傷つけたくないし、傷つきたくもないから。

悟美もそれ以上はどうすればいいのかわからず、ただ立ち尽くしている。

詩音は。

祈るように両手を組んで、歩き出した。

詩音が片手を上げると、屋上の照明に明かりが灯る。
明かりは雨に滲み、優しく頭上に降り注ぐ。
校内放送用のスピーカーから、ピアノの音が聞こえてくる。
そして、雨と、光と、音に乗せて。
詩音の歌声が、響いた。

雨の中で
震えてたんだよ

足を止め、振り返るゴッちゃん。
詩音の向こうに、雨に濡れる綾が見える。
あの日も綾は、こうやって震えていたのだろうか。

いつだって
傘のないその人を
ずっと見つめていたの

ゴッちゃんを見ようとしない綾の顔を、詩音は後ろから両手で包み、ゴッちゃんの方へと向かせる。

綾は思い出す。

バスケ部の交流試合があった日。ゴッちゃんはみんなと一緒になって応援していて、バスケ部は見事に勝利した。なのに、その帰り道。雨の降る中を、ゴッちゃんは一人で、傘も差さず、まるで自嘲するような目で歩いていた。

それが、綾が最初にゴッちゃんのことを気にした瞬間だった。

濡れたままで笑っていた
溢れ出してるはずの涙
雨粒に紛らせてる

綾は思い出す。

ゴッちゃんが学校で、たくさんの友達に囲まれているとき。楽しそうに笑いながら、急にふとつまらなそうな顔をしたゴッちゃん。あのとき綾は、また一つ見つけた、と思った。本当は寂しがり屋。

他にも綾は、たくさんのことを見つけていた。本当は飽き性。本当は傷つきやすい。本当は自分をどこか駄目だと思ってる。本当はいつも他人との間に壁がある。本当は、本当は、本当は。

ずっと見ていたから、本当は一人きりで膝を抱えているゴッちゃんを見つけた。

だから綾は、ゴッちゃんのそばにいたいと思った。

傘をさそう
素直になろう
あなたのそばにいたいの
そうしてくれたあの日のように

二人は思い出す。くだらない会話。何度目かのデート。告白した日。告白された日。手を繋いで歩いた公園。小さな喧嘩。バイクに二人乗りして走った海沿い。一つの傘を差した雨の下。雨上がりに見上げた虹。一緒に笑った相手の顔。

詩音の歌を聞きながら、綾とゴッちゃんは見つめ合う。こんなに真っ直ぐに目を合わせたのはいつぶりだろう。こんなに綺麗な目が、どうして怖くなってしまったのだろう。

きっと、二人に必要なのは、こんな時間だった。

一緒に傘の下
並んで歩いていれば
きっと光が差すよ

「……私、ゴッちゃんが好き」

歌声に背中を押されて綾の口から出てきたのは、そんな一番単純で、一番力強い言葉だった。

ゴッちゃんは、咄嗟に気の利いた返事が思い浮かばず、同じように一番単純な言葉を返してしまう。

「……ありがと」

いつの間にか雨は止み、雲間からは青空が見え始めている。

「一番好きだよ」

「……二番じゃ困る」

自嘲気味に笑うゴッちゃんを見て、綾の胸が苦しくなる。まるで、二番でも仕方ないけど、とでも言い出しそうな。違うのに。そんな顔、しなくていいのに！　どう言えば伝わるの⁉

「私の中ではぶっちぎりの一番、殿堂入り、八十点なんかじゃないよ！」

思いつく限りの大袈裟な言葉で、綾は想いを伝える。

八十点なんかじゃない、という言葉に驚いて、ゴッちゃんは目を見開いた。

ゴッちゃんは綾に話したことがない。自分が八十点止まりだと思っていることなど。そんなこと、みっともなくて話せるわけがない。そんなことが知られてしまったら、ブランドバッグとしての価値すらなくなってしまう。

なのに。

「……綾、お前――」

「ずっと見てたもん！　ゴッちゃんが目で追ってるもの……悲しそうな顔になること……嬉しそうなとき……全部！」

バレていた。

見られたくなかったとこ。知られたくなかったこと。隠していたつもりのもの。

バレたらきっと、俺のことなんか好きじゃなくなるだろうと思っていたそんな全部が、綾にはとっくにバレていたのだ。

「……ははっ。俺、かっこわりーの」

だけど、なぜだろう。

ゴッちゃんは今、ずっと欲しかったものがやっとみつかったような、そんな気がしていた。

ゴッちゃんは綾に歩み寄り、ためらうことなく抱きしめる。

「わりぃ綾。お前のこと、見くびってた」

「……ゴッちゃん……」

ゴッちゃんの腕の中で、綾は透明な涙を流す。

一本の傘の中にいるつもりで、相手を気にしすぎてお互いに肩を濡らしていた二人が、やっと本当に同じ傘の中に入れた瞬間だった。

そんな二人を、悟美も十真もサンダーも、何も言わずに見守っている。

詩音は、いつもの笑みを悟美に向けている。幸せになった？　と言いたげに。

悟美は思う。

詩音の歌は、もしかしたら、本当に――

「バカ、押すなって」

――そんな声と共に、屋上のドアが開いた。

いつの間にかドアの向こうに野次馬が集まって、こっそりこちらを覗いていたようだ。

悟美はため息をついてそちらへ歩いていく。綾は、どうするつもりだろう、と悟美の背中を見ている。

「ねえ、どうなってんの？」「あ、やべ……来た」「え、なになに？」

悟美がドアを開けると、狭い階段室には十人近い生徒が隠れていた。その野次馬たちに向かって悟美は容赦なく告げる。

「はい、解散解散。これ以上は先生呼んでくるからね」

「えーっ」「空気読めよ」「何よそれ」

口々に不満をこぼしながら去っていく生徒たち。

「出たよ、告げ口姫」

野次馬の一人がそう言い放つのを、綾は聞いていた。

悟美が、告げ口姫と呼ばれることを覚悟の上で野次馬を追い払ったこと。それが綾とゴッちゃんのためだということは、綾にもわかった。

Scene. 4　シオン・プロジェクト〈2〉

夜。

星間ビルのラボで、プロジェクトチームのメンバーたちがテストの結果についての所見を語り合っている。

「ほら、見てください。想起能力に関しては予想以上ですよ」

「アトラクタの分布も、予想範囲内です」

「引き込み域も、現状では異常が認められませんし――」

メンバーの表情は一様に明るく、食い入るようにモニタを見ながら次々と成果を報告するその声は、実験が極めて上手く進んでいることを美津子に実感させる。

「はいはい。結論を急がない」

はしゃぎ気味のメンバーたちを、リーダーである美津子がたしなめる。研究者たるもの、常にイレギュラーを想定しながら話すべきだ。

とはいえ、現状におけるデータを分析すると、メンバーたちの気が緩むのも仕方がない。そう思えるほどに、プロジェクトは順調に進んでいた。

「……でも、正直ここまで来れば一安心ね。綱渡りの実験だったけど」

さしもの美津子も、多少は自分を甘やかしたくなる。リーダーのお許しが出たことで、メンバーたちの間には再び弛緩した空気が流れる。

「本当ですよ。モニタ試験の拡大解釈にもほどがあります」

「まったくです」

「今さら言うなよー」

軽口を叩き合うメンバーたちに、美津子は感謝の意を込めて微笑みかける。

「みんな、私の賭けに付き合ってくれて、本当にありがとう」

「順調そうで何よりだ」──

突然割り込んできた異質な声に、ラボの空気が変わった。

そこにいたのは、支社長の西城だった。美津子の上司ではあるが、美津子のことをいろいろと目の敵にしており、今回のプロジェクトに関しても決して味方とは言い切れない存在である。美津子はもちろん、メンバーからの心証もよくはない。

西城はつかつかと歩み寄り、ベッドに横たわる詩音の体を見下ろして、ふん、と鼻を鳴らす。

「良いニュースだ。今回の結果を聞いて、会長がお運びになることになった」

「会長が?」「やったぞ!」「ホントに?」

沸き立つチームメンバーたちを尻目に、西城は美津子を手招きする。そして他のメンバーには聞こえないよう小さい声で、美津子にだけ囁いた。

「会長には、実験の詳細は伝えていない」

「えっ? でも――」

「正直に上げると、いろいろ面倒な案件だからな。AIなんて、何をしでかすかわからんシロモノだ」

「シオンは大丈夫です」

考え方の合わない上司を、美津子ははっきりと否定する。

「……覚えているだろうな。トラブルの場合の責任は」

「私が取ります」

睨みつける美津子に、目を合わせようとしない西城。にやにやと笑う口元が、本当はトラブルを期待していることを窺わせる。

「……課長、分析の総合評価、出てます」

「失礼します」

気丈な態度で美津子はその場を離れる。舌戦の相手をするより、少しでも仕事を進めてその結果で反論する。それが美津子のやり方だった。

西城はそのまま詩音のベッドに近づき、馬鹿にしたような口調で言う。

「ハッ。ロボットも寝るのか」

〈起きてます〉

「うおぅっ⁉」

突然机の上の小型サーバから返事をされ、驚いてのけぞってしまう西城。データを見ていた野見山が、申し訳なさそうにサーバを指さす。

「あー、実験機がメンテ中でして。AIはこっちに移動させてるんです」

「おどかすなっ」

醜態をごまかすように一つ咳払(せきばら)いし、西城はサーバに向かって話しかける。

「……あと三日。しくじってくれるなよ」

〈はい。明日も、元気で、頑張るぞっ、おー〉

おかしなＡＩだ、と西城は眉根を寄せた。

第三章

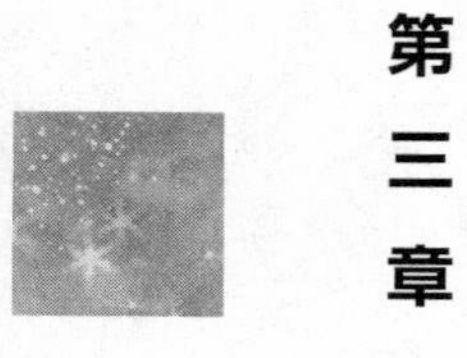

CHAPTER 3

Sing a Bit of Harmony

Scene. 1　Lead Your Partner

六月十一日水曜日、午後三時。

その日の授業がすべて終わった途端、悟美は詩音に引っ張られて教室から連れだされた。

「今度はなに⁉」

「サトミはお姫様なんだよ！」

意味のわからないことを言いながら、詩音が問答無用で悟美を連れていったのは、演劇部の部室だった。

「お邪魔しまーす」

「えっ……な、なんですか……？」

突然の闖入者に困惑する演劇部員を無視し、詩音は勝手に衣装ラックを漁り始める。

慌てて平謝りする悟美。

「ご、ごめんなさい。この子、変なんです。詩音！」

「あった！」

悟美の言葉にも耳を貸さず、詩音はラックから一着の衣装を取り出す。

それは、お姫様のドレスだった。

「サトミ、お着替えの時間だよ」

「えっ……ちょっと、詩音……」

両手をわきわきとさせながら、悟美に迫る詩音。

「これを着れば、悟美は幸せになれるんだよ！」

「いやー！」

ロボットの力に人間が敵うはずもない。哀れ、悟美は詩音のなすがままに服を脱がされ、お姫様のドレスを着せられてしまった。

「ということで、お借りしまーす」

悟美の背中を押して部室を出て行く詩音を、演劇部員たちがぽかんと見送った。

「ちょっ、なんなのよ詩音！」

「今度こそ絶対だからっ」

わけがわからぬままに詩音に押され、次に連れて行かれたのは体育館。

今日の体育館は、普段の様子とは違っていた。

中央に敷かれたたくさんの畳がい草の匂いを漂わせており、その上では柔道着を着た生徒たちが二人組になってそれぞれに乱取りをしている。周りに集まった生徒たちの中には、他校の制服を着ている者もいた。

今日は、サンダー属する柔道部の交流試合の日だ。

組み合って技を掛け合う生徒たちを見て、詩音が嬉しそうに両手を広げる。

「ヒロインのラッキープレイスはー？　舞踏会にあり！」

「いや……これ、武道会だから」

「みんな踊ってるよ？」

「はぁ……」

詩音には、柔道の取り組みもダンスも同じに見えているのだろうか？　ＡＩの考えることはわからない、とため息をつく悟美。

「サトミ、好きだったじゃない？　月の舞踏会」

「え？　それ、ムーンプリンセスの――」

なぜかは知らないが、詩音はムーンプリンセスを知っているらしい。そういえば、ムーンプリンセスの月の舞踏会のシーンでは、王子たちが取っ組み合いの喧嘩をするのだった。もしかしたらそのせいで詩音は、舞踏会イコール王子様が喧嘩をする場だと勘違いしているのかもしれない。

小走りで中に入っていく詩音。追いかけようとする悟美。

「あっ」

そこで、悟美は自分の格好を思い出した。舞踏会ではなく武道会なので、当然ドレスを着ている生徒などいない。ものすごく恥ずかしい——が、詩音を放っておくわけにもいかない。意を決して、悟美はドレス姿のまま体育館へ足を踏み入れた。

試合場の横には、サンダーの応援に来た十真、ゴッちゃん、綾が並んで座っている。

「あー、緊張してきた」

ただの観戦なのになぜか緊張している十真。綾はからかうような表情でサンダーと三太夫の乱取り稽古を眺めている。

「なるか、サンダー初勝利っ」

「お前な」

苦笑しながらそれをたしなめるゴッちゃん。二人の間にはもう昨日までのような気まずさはなく、ただ自然で穏やかな空気が流れていた。

「そのために応援に来たんで……しょ？」

ゴッちゃんの方に目を向けた綾の言葉が、ドレス姿の悟美に気づいて止まる。

「っ！」

綾の視線を追った十真もそれに気づき、赤面して絶句した。かわいすぎる。口には出さないが、十真の頭の中はそんな言葉で埋まっていた。

ゴッちゃんが代表して、みんなの疑問を口にする。

「……どしたの？　それ」

「ん……これ着たら幸せになるんだって」

恥ずかしそうに答える悟美。もちろん信じているわけではないのだが、こういった服装には幼い頃から憧れがあったため、実はまんざらでもなかったりする。大丈夫、今なら詩音のせいにできる。

なぜか十真も、恥ずかしそうに顔を逸らしながら言う。

「すっ、好きだったもんねっ。お姫様」

「なんだよそれ」

ニヤニヤしながら十真を見るゴッちゃん。十真が悟美のことをどう思っているかなど、ゴッちゃんにはお見通しだ。

そこへ、どたどたとサンダーが走ってきた。気づいた綾が軽い調子で声をかける。

「あっ、応援しに来たぞー」

「三太夫が壊れた！」

『はぁ……』

通算何度目になるかわからないセリフを叫ぶサンダー。いつも通りの展開に、十真とゴッちゃんは揃ってため息をついた。

「てか、試合このあとじゃ……」

「俺、本番前に乱取りしないとダメなんだ。頼む！」

取り乱すサンダーに頭を抱える十真。ゴッちゃんも「またかよ」と言いたげにサンダーを見上げる。

「壊れすぎだろ、三太夫」

「や、ばーんってやったら、なんか動き悪くなって……」

サンダーはよくわかっていないが、実は三太夫にはもともと柔道の練習相手をするような機能はない。しかし星間が「こんなこともできるんですよ」というアピールのために、ソフトウェアを改造して無理やり柔道をやらせているのだ。だから三太夫は壊れる。それはもうよく壊れる。

「うーん……」

さすがの十真も、本番までの短い時間で三太夫を修理できるかはわからない。だが、サンダーのためにできることならしてやりたい。さてどうするかと考える十真。

「よし！　詩音、ちょっと一緒に来てくれない？」

十真に頼まれ、詩音はきょとんと十真を見返す。そしてその視線を悟美へ。悟美は恥ずかしそうに自分の腕を抱いている。

「トウマを手伝ったら、サトミは幸せになる？」

「あー、なるなる。だから行ってあげて」

周りの視線を気にしないように努めているため悟美の返事はおざなりだったが、詩音は満足したようだ。悟美が幸せになるならそれでいいのだろう。

「わかった。行ってくる！」

「詩音、こっち」

十真に呼ばれてついていく詩音。サンダーとゴッちゃんも一緒になって、体育館の外へと出ていった。どうするのかは知らないが、十真に任せておけば大丈夫だろう。無意識のうちに、悟美は十真を信頼している。

残された綾の隣に、悟美は気まずく立ち尽くす。

そんな悟美に、綾は目線を合わせないまま言った。

「……座ったら？」

綾にそう促され、悟美はドレスを広げてその場に膝をつく。長くて裾の広いスカートがふわりと広がるのが、お姫様みたいで少し嬉しかった。

「……さんきゅ」

「え？」

ぽつり、と呟いた綾に、悟美は顔を向ける。

「昨日は……助かった」

素っ気なく、どこか照れ臭そうに、綾は言う。

昨日までは、どちらかというとお互いに嫌い合っているくらいの関係だった。それが、今はもう友達のように隣にいる。これも詩音のおかげなのかな、と悟美は思う。

「よかったね。その……仲直りできて」

こんな言い方でいいのかな、と迷いながらも悟美は言う。綾は黙ったまま返事をしない。間違えたかな、同級生との話し方なんてもうよく覚えてない——と、へこみそうになった悟美へ、綾が静かに問いかけた。

「……あんたの方はどうなの？」

「え？」

「『後悔するな』って、あんたが後悔してるからなんでしょ？」

核心を突かれ、悟美は意外な思いで綾の横顔を見る。

ゴッちゃんと目を合わせることができた綾は、今度は私と目を合わせようとしてくれているのだろうか。もっとも、実際には綾はかたくなに前を向いたまま、私の方は見ていないけど——などと、悟美が思っていたら。

「ま、言いたくなったら言いなよ。今度は私が引っ張ったげるから」

綾が、悟美の方を向いて、小さく笑った。

悟美は、自分の胸がぽっと暖かくなるのを感じた。

○

詩音を電子工作部の部室に連れてきた十真は、サンダーが抱えてきた三太夫にゴミ箱型ハードディスクを接続し、状態のチェックを始めた。

ゴミ箱ではなくハードディスクとして活躍できる貴重なチャンスに、読み込み速度も速くなっている気がする。あっという間にチェックが終わりそうになっているこの様子を見れば、これがゴミ箱ではなく立派なハードディスクなのだということがきっと誰でもわかるだろう。その証拠に、サンダーがハードディスクを見て呟く。

「なぁ、なんでゴミ箱に三太夫を」

わかってもらえなかった。

諦めて粛々とチェックを続ける十真。その結果は。

「このエラー数じゃ……無理っ！　すぐには動かせないね」

そう言う十真の表情は、しかしなぜか明るい。

「そんな！」

「だから、詩音に来てもらったんだ、っと……」

三太夫からケーブルを抜き、それを詩音に差し出す十真。

「詩音、これ繫いで」

「ゴミ箱と?」

詩音の言葉に、十真は内心でがっくりと肩を落とす。最新鋭のAIから見てもゴミ箱にしか見えないのか。これはもう逆にすごいことかもしれない。ゴッちゃんも苦笑しながら詩音に続く。

「ゴミ箱に見えるよなぁ」

「バックアップ用のハードディスク! 中に三太夫のデータが移してある」

それだけで詩音は、十真が何を言いたいのかを理解した。

「あっ。私がサンダユーくんの動きを真似ればいいのね」

それは名案、とばかりにぱっと笑顔になってケーブルを受け取る詩音。

そのやり取りの意味を一瞬遅れて理解したサンダーが、「えっ!?」と驚きの声を上げた。

「それって……俺が、詩音と乱取りするってことか?」

途端に、サンダーの頰が紅潮し始めた。

サンダーは、女子とあまり縁がない。女子の柔道部員もいるが、練習は男女で別々だ。それに加え、ずっと硬派に練習に打ち込んできたこともあり、サンダーの女子耐性ははっきり言って低かった。

そこへ現れたのが、詩音だ。

詩音の転入初日、サンダーは一目で心を奪われた。実はロボットだったと知ってさすがに面食らったが、それでも詩音への好意が消えてしまったわけではない。否、むしろその予測できない破天荒な魅力は、ますますサンダーを虜にしていった。

そんな詩音と、乱取り？　俺が？　こんなかわいい女の子と？　いやロボットなのはわかっている、だけど三大夫とはわけが違う、こんなかわいいロボットと？　組み合えば当然服は乱れる、肌と肌も触れ合う、至近距離で目を合わせることになる、そんな、俺と詩音が、そんな！

「いやなのー？」

詩音の呼びかけに、はっと我に返るサンダー。

いつの間にか、サンダーは柔道場の畳の上に立っていた。

目の前には柔道着を着た詩音。畳の外には十真とゴッちゃん。うだうだと懊悩している内に、気づけばここまで来てしまった。

いや、ではない。もちろん。だが。

「いや、でも、うーん……」

今ならみんな体育館へ集まっているので誰もいない。もしも詩音が人間離れした動きをしても大丈夫だ。しかしサンダーにとっての問題はそこではない。ちらりと詩音の顔を見る。これから柔道をするからだろう、詩音は髪をポニーテールにして、青いリボンでくくっている！　かわいい！　柔道着も似合っている！　どこからどう見ても、華奢で可憐な女の子だ！

「……なあ、本当にやるのか？」

未だに覚悟が決まらないサンダー。それを待つのに飽きたのか、とうとう詩音は自分から動いた。

「本当に」

ぴしっ、と指を鳴らす。それと同時に、十真のスマートフォンからアップテンポなビッグバンドジャズ風の曲が流れ始めた。これもスマートフォンのＡＩとの協働によるものだ。

「やりまーす」

構えた詩音はリズミカルにサンダーの懐に飛び込み、その襟を取った。

「お、おい」

「サンダユーくん言ってたよ。リズムが大事なんだって」

詩音の上目遣いにくらくらするサンダー。しかし次の瞬間、そのかわいらしさからは想像もできない力で、サンダーは体勢を崩された。

「うおっ……のわっ」

転んでしまうかと思ったら、今度は逆方向に引っ張られて体勢を立て直される。サンダーは自然と詩音の体に手を回した。詩音はそのままサンダーを引っ張ってリズムよく足を運び、ぴたりと止まってポーズ。武道会を舞踏会だと言った通り、その姿は柔道というよりもダンスのようだった。

「ほぉら、リードして？」

詩音は曲に合わせてサンダーを振り回し、リズムに乗って出足払いを決めた。あっさりと倒されて呆然とするサンダー。何が起きたのかわからない。詩音は軽やかなステップを踏みながら、倒れたままのサンダーを見下ろして誘うように、蠱惑(こわく)的な表情で歌い始めた。

さぁ STEP, STEP & TURN　誘いかけて
動揺したらバランスは崩れちゃう

サンダーもやられっぱなしではいられない。ロボットとは言え、相手は自分よりずっと小柄な女の子なのだ。これがただの遊びでないことは今の出足払いでよくわかった。起き上がり、やっと腹を決めて詩音に組みかかる。

ねぇもっと！　もっと！　強く引きつけて

大胆で意外なリズム　つくっちゃうの

だが、握り合う手と手、ぶつかる体、そして唇が触れてしまいそうなほどに近づく詩音の顔にサンダーは動揺する。耳元で聞こえる詩音の歌声。サンダーは小内刈りで再び倒されてしまう。

ムキになって立ち上がるサンダー。今度は煩悩に負けない、と心に決め、本気で詩音に向かっていく。

瞳を見つめて　ココロ読みとって
迷ってないで貴方(あなた)らしく仕掛けてみせて！
YES!

しかし、サンダーの『剛』は詩音の『柔』になんなく制され、今度は盛大な大外刈りを決められてしまった。

何度やっても、サンダーは詩音を投げることができない。しかしそうして続けているうちに、いつしかサンダーの頭からはよこしまな考えがすっかり消え、二人のダンスは組み手としての純度を増していった。

真剣な表情で左手を伸ばすサンダー。詩音が駆け込んできてその手を取る。二人はすぐに襟を取り合い、畳の上で縦横無尽に取っ組み合う。

そう！　STEPを変えて　驚かせて
イメージなんて崩しちゃうくらい

サンダーの変化に気づいたのは、本人よりも横から見ていた十真やゴッちゃんの方が先だった。ばたばたと騒がしかったサンダーの足運びが、いつの間にか、音楽のリズムと揃い始めている。

詩音は最初から、ぴったりと音楽に合わせて動いていた。そのためサンダーが、音楽を通して徐々に「相手のリズム」を掴み始めているのだ。

サンダー自身も、少しずつその変化を実感し始める。最初はまったくついていけなかった詩音の動きが、だんだんと読めるようになってくる。右、次は左、ここでステップ、そしてターン。その流れに身を任せると、自分もまた驚くほど動きやすいのがわかる。

ねぇもっと！　もっと！　ドキドキさせてよ

主導権を奪ってリードするの！

そもそも――

人一倍真面目に練習に取り組んできたサンダーが、試合で一度も勝てないなど、本来ならそんなに弱いわけがないのだ。サンダーには十分な技術が身についている。しかし、決定的に足りないものがあった。

サンダーは、音痴なのだ。

サンダーには音感がない。リズム感もない。

だから柔道の試合においても、対戦相手のリズムを摑むことが致命的に苦手だった。

一方、リズムに合わせるということを最も得意とするのがＡＩだ。三太夫はサンダーとのたくさんの稽古の中で、サンダーに足りないのがリズム感であることを理解していた。しかし言語処理の機能がなかったため、それをサンダーに伝えられずにいたのだ。

そのデータを十真が取り出し、詩音が受け取った。

そして今、それを歌とダンスでサンダーに伝えている。

思い切って！

ついにサンダーが、詩音の襟を強く引き寄せ、背負い投げの体勢に入った。おおっ、と思わず身を乗り出す十真とゴッちゃん。

そして詩音の体が宙に浮いたとき、詩音は満足げに微笑んでいた。

さぁ Un(アン) Deux(ドゥ) Trois(トロワ)!

〇

「一本!」

サンダーが、相手の選手の体を畳に叩きつける。

それは文句のつけようのない、華麗な一本背負いだった。

「っしゃ————っ!」

『うおおおおおおおおお!』

サンダーの勝ち鬨(どき)の声に、周りの生徒たちから歓声が巻き起こる。それは、サンダーを知る者なら誰もが待ち焦がれた瞬間だった。

「やったなぁサンダー!」

ゴッちゃんが両手を挙げて勝利を讃(たた)える。綾もぴょんぴょんと飛び跳ねながら喜んでいる。十真は両手を振り回したくなるのをぐっと堪え、記念すべきこの瞬間を余すところなく捉えようとスマートフォンで録画している。

「勝った……勝った！」

周りからの盛大な祝福の声に、ようやくサンダーの中で、初勝利の実感とよろこびが膨れ上がった。

「勝ったあああああ！　うおおおおお！　勝ったぞ————！」

半泣きになりながら勝利の雄叫び(おたけ)びを上げるサンダー。

そんなサンダーを、ドレス姿の悟美は呆然と見つめていた。

本当に勝ってしまった。今までずっと勝てなかったサンダーが。

これも、詩音のおかげなのだろうか？

ふと横を見ると、柔道着姿の詩音が悟美を見つめている。

その顔にはやはり、いつもの笑みを浮かべていた。

○

「詩音！　お前のおかげだ、ありがとう！」

試合が終わり、放課後の柔道場。

詩音の手をがっしりと握って感謝するサンダー。それには応えず、詩音は横を向いて悟美にいつもの問いを投げかけた。

「サトミ、幸せになった？」

「えっ？　あ、まぁ……」

「よかった」

よかった、のだろうか。いや、よかったことに間違いはない。サンダーの勝利は間違いなく祝福できるし、今の自分が幸せか幸せでないかを二択で言うなら、まぁ幸せと言っていいのだろう。だけどこれでいいのだろうか？　詩音がやりたいのはこういうことなのか？　そして、お母さんのテストは？　どう考えればいいのか、悟美にはわからない。

だが、嬉しそうにはしゃぐみんなをみて、ああ、これでいいのか、と考え直した。

ゴッちゃんが「おし、みんなで祝ってやっか」と言えば、十真が「ああ、いいね！」と楽しそうに頷く。綾が「カラオケボックスとか行く？」と誘い、「俺のために？」と泣くサンダーを見て、みんなで笑う。

自分が幸せかどうかはともあれ、今ここにある笑顔は詩音がもたらしたものだ。詩音は確かに、みんなを幸せにしているのだ。そう思えば悟美も、素直に笑うことができた。

感動冷めやらぬ面持ちで、サンダーが詩音に顔を向ける。

「詩音も来るよな。この勝利はお前のおかげだ」

「私？」

「そうそう。私たちもお礼したいしさっ」

サンダーの感謝に綾も乗っかる。初勝利を手にしたサンダー。ゴッちゃんと仲直りできた綾。二人は特に詩音への感謝の気持ちが強い。詩音のためにもお祝いを、と誘ったのだが。

「行けないっ」

詩音は笑顔できっぱりと、その誘いを断った。

「え……」

てっきり二つ返事で頷くと思っていたのに。戸惑いながら問い質す悟美。

「どうして？　せっかくみんなが」

「でも、行けないの」

「あ、そっか！」

その理由に思い当たった十真がいきなり叫び、全員の視線を集める。

「放課後は、ラボの車が迎えに来るから……」

そう。詩音の登下校は、星間の社員による完全な送迎つきなのだ。当然スケジュール管理はきっちりとされており、放課後に友達と遊びに行くなど、リスク回避の意味でも絶対に許可されないだろう。

「……じゃあ、昼休み、とか？」

ゴッちゃんが提案するが、自分でもそれがいい案だとは思っていない。案の定、サンダーも綾もすぐにそれを否定する。

「せわしないな」

「えー。学校でなんて盛り上がらないよ」

「だよなあ」

全員で楽しく祝勝会ができると思っていたのに、その空気がみるみる萎んでいく。祝勝会だけではない、詩音も含め、全員がもっと距離を縮めるためのきっかけにもなったはずだ。なのに。

「外、出られないのか……」

寂しそうに呟くサンダーを、いつもの笑みで見ている詩音。

結局その場では、いい方法は何も見つからなかった。

○

帰りのバスの中。

隣に座る十真に、悟美がゆっくりと話しかける。

「シオンってさ、めちゃくちゃだよね」

「え？　ああ……まぁ」

「なに考えてるかわからないし、全然高校生っぽくないし……」

愚痴のようにこぼす悟美の顔が、そこで柔らかくほころぶ。

「でも……みんなを幸せにした」

今、幸せ？

何度も何度も、詩音に言われた言葉。その度に、何を言ってるんだ、と眉をひそめてきた言葉。

その言葉を、まさかこんなに温かく感じるようになるなんて。

「ああ……ゴッちゃんたちは仲直り。で、サンダーは初勝利。で」

そこで十真はちらりと悟美を見て、口を噤む。で、僕たちも、昔みたいに喋れるようになった……とは、照れ臭くてさすがに言えない。ゴッちゃんならここでさらっと言ってしまうのだろうか。そういうところが、モテる男の違いなのかもしれない……。

などと情けないことを十真が考えていると、ふと悟美が呟く。

「詩音自身は、どうなんだろう？」

「え？」

唐突な問いに、十真が虚を突かれる。

ＡＩにとっての、幸せとは。

「私ね、詩音に『幸せの意味がわかる？』って聞いたことがあるの」

幸せの意味。あのとき詩音は、一秒も迷わず「わからない」と答えた。あのときは、ふざけてるのか、と怒りさえ感じたものだ。

だけど、違う。

今ならば、詩音のあの答えは誠実なものだったのだとわかる。

「ＡＩには、難しい質問かもね」

十真が言う。ＡＩには難しい質問。そうだろうか？　そうじゃない、と悟美は思う。

ＡＩには、じゃない。ＡＩにも、だ。

幸せの意味なんて、私だってわからない。なのに詩音はみんなを幸せにしている。

詩音は、幸せの意味をわからないと答えた。だけどもしも普通のＡＩに同じ質問をしたなら、辞書に載っている意味を答えたのではないだろうか。そう答えなかった詩音は、幸せというものが、辞書的な定義では語れないとわかっていたのではないだろうか。

それは、つまり。

詩音のＡＩが、それだけ人間の心に近い、ということではないのだろうか？

もしそうだとしたら、詩音だって、人間と同じように。

幸せになったって、いいはずだ。

「……決めた」

そして悟美は、ある決意をした。

Scene. 2　バックアップ

「あっはははは！」

バスの中に、心の底から楽しそうな綾の笑い声が響く。

サンダーが初勝利を飾ったその翌日、六月十二日木曜日。

現在時刻、午前八時十分。本来なら学校でホームルームを受けているはずの時刻に、悟美、十真、綾、ゴッちゃん、サンダー……そして詩音の六人は、学校から悟美の家方面へ向かうバスの中にいた。

「学校を抜け出しちゃうなんてサイッコー！　しかもあんたみたいな優等生が言い出すなんて……見直した」

「ラボの迎えが来るまでに戻れば、問題ないでしょ」

やけに嬉しそうな綾に、たいしたことじゃない、とでも言いたげにすました顔の悟美。

だが内心は、生まれて初めて学校をサボったという事実に興奮しており、よく見ると頬が若干紅潮している。

悟美と同じく真面目な方に属するサンダーは、学校をサボったという以外にも心配なことがあり、おそるおそる悟美に聞く。

「でも、いいのか？　家を使わせてもらって」

「お母さん遅いし、家のことは私任せだから」

学校をサボって悟美の家で祝勝会を、と提案したのは他ならぬ悟美自身だった。十分な広さもあるし、バスに乗れば学校からもそう遠くない。悟美はどうしても、詩音もみんなと一緒に楽しんでほしかったのだ。

その提案は満場一致で採用されたわけだが、サンダーは少し、自分のためにみんなに迷惑をかけているのではないかと気にしている。

そんなサンダーの懸念を払拭するため、ゴッちゃんが殊更にはしゃいでみせる。

「よーし、今日は楽しもうぜ！」

「ちょっとぉ」

勢いよく肩を抱かれ、綾も楽しそうに笑う。つられて十真も、珍しく自分からゴッちゃんに「僕、サボるの初めてだよ！」と興奮気味に話しかけた。サンダーが「俺も」と続けば、ゴッちゃんが「マジメかお前ら」とからかい、綾が「ゴッちゃんフマジメすぎー」と突っ込んで落とす。

「先生っ、今日はよろしくお願いします」

らしくもなく、十真はそんな風におどけてみせる。それに続けて「しゃっす！」と体育会系の礼を挟むサンダー。よろしくお願いされたゴッちゃんは、得意げな顔で頷いてみせた。

クラッカーだの王様帽子だのポテチだののパーティーグッズを確認しながら和気藹々としているみんなを見て、詩音は不思議そうな顔で悟美の耳元に口を寄せる。

「ねえ、どうしてみんな楽しそうなの？」

「え？」

「みんなも試合に勝ったの？」

詩音は、試合に勝ったサンダーが喜んでいるのは理解できても、どうして他のみんなまで喜んでいるのかが理解できていない。そういうところはやっぱりＡＩなんだな、と悟美は少しだけ寂しく思う。

けど、言われてみたらどうしてなんだろう。悟美も改めて考えてみる。試合に勝ったのはサンダーなのに、どうして自分たちまで喜んでいるんだろう？

「……友達が幸せだから、じゃない？」

辿り着いたのは、以外に単純な答え。それは今まさに、悟美が実感していることだ。

悟美のその言葉を聞いて、詩音は考え込むように黙ってしまった。

○

「せーの！」

『初勝利、おめでとー！』

綾の号令に合わせ、サンダー以外の全員が祝福しながらクラッカーを鳴らした。王様の帽子を被ったサンダーが、男泣きにむせび泣く。

「ありがとうぉぉぉぉ……」

「泣いてんの？　笑ってんの？」

「泣くほど嬉しいんだろ？　すげーじゃん」

「はーいサンダー」

綾がスマートフォンのカメラでサンダーを写すと、座敷のテレビにキャストされて大画面で表示される。端っこに詩音が見切れているのを見て、こっそり喜ぶサンダー。

「ほぉら、詩音も映って」

綾にもっとちゃんと映るよう指示された詩音は、しかし不思議そうな顔で悟美に聞く。

「どうして写真撮るの？」

「えっ？　えーっと……忘れない、ため？」

「私は何も忘れないよ」

実にAIらしい返答である。確かに、意図的にデータを消しでもしない限り、詩音は記憶を亡くしたりはしないのだろうけど。

「あぁ、そういうことじゃなくて……十真」

「えっ」

説明に困り、十真に丸投げする悟美。詩音に何かを説明するのが一番うまいのは十真である、という事実が定着しつつある。十真は両手を頭に当てて考えながら、なんとか正しく趣旨を伝えようとする。

「……記憶を残そうとすること自体に、意味があるんじゃないかな」

「ま、写真って意外と見返さないしな」

「撮ることが大事なのっ」

十真に続くゴッちゃんと綾のセリフに、詩音は一つの結論を導き出す。

「つまり……バックアップ？」

「あ、いい例え」

肯定する十真。バックアップは普段から使うものではないが、いざという時のために定期的に取ることが大事だ。詩音のデータも常にバックアップが取られている。人間が写真を撮る理由とは若干の差違もあるが、そのたとえは詩音のAIを納得させるには十分だった。

「わかった。写真撮ろう！」

そこからは、撮影者を持ち回りで写真を撮ることになった。

十真が撮ったのは、悟美、詩音、綾のカラオケ風景。ノリノリで歌う詩音と綾に対し、悟美は少し恥ずかしそうにマイクを握っている。人前で歌うなんて、歌うのをやめてしまった小さな頃以来だ。歌には魔法の力なんてない。そう思っていたけど、もしかしたら違うのかもしれない。詩音を見ているとそう思う。

綾は、サンダーの試合映像を見返しているみんなを撮った。肩が触れ合う距離に座っている詩音を気にして照れているサンダーが面白い。

ババ抜き勝負でゴッちゃんの手札を撮ったサンダー。なぜかジョーカーが二枚ある。新品のトランプを開けたため、一枚取り除くのを忘れていたのだ。

ゴッちゃんが撮った写真の中では、悟美と十真が二人まとめて詩音に肩を抱かれている。悟美との急接近に顔を赤くしている十真。

そして、ゴッちゃんがサンダーに袈裟固めをかけられてもがいているところへ、詩音がパシャリとシャッターを切った。

「バックアップ」

「詩音、私のスマホあとで返してよ」

まるで人間のように楽しそうにしている詩音に苦笑しながら、綾は飲み物を取りに台所へ向かった。

○

綾が冷蔵庫のドアを閉めると、その向こうで悟美が洗い物をしていた。ちょうどいい、と綾は悟美に気になっていたことを聞く。

「ねえ、悟美」

「うん?」

「あんたが『告げ口』したのって、十真のため?」

「…………」

悟美の手が、一瞬止まる。

「屋上の部室、守るためだったんでしょ? だから先輩のタバコをチクった」

悟美は思い出す。四ヵ月前、学校の屋上。自分が『告げ口姫』と呼ばれ始めたきっかけの事件。綾の言っていることは正解だ。だけど悟美はそれを主張するつもりはない。それでいいと思っている。

「……別に」

「素直になったら？　まあ、お前が言うなって感じだけど……私だから言うの！」

開き直ったように言い、綾は照れ隠しでペットボトルの水を飲む。

少し前までは、綾も悟美を『告げ口姫』と呼んでいた。けれど、今の綾は知っている。

ゴッちゃんと仲直りしたあの日、悟美は屋上に集まった野次馬を、綾たちのために追い払った。それは決して、優等生の点数稼ぎなんかじゃない。

だから綾は、罪滅ぼしの意味も込めて、悟美のために何かしたいと思っていた。

だが、そう言ったのは綾ではなく、悟美だった。

「……罪滅ぼしなの」

「え？」

予想外の言葉に、思わず水を飲む手を止める綾。

「子供の頃ね、十真がＡＩのおもちゃをプレゼントしてくれて。ほら、こういう……卵型のやつ」

指で丸い形を作りながら、穏やかな表情で昔のことを話す悟美。

「へえ、やるじゃん、十真」

そういうものが流行っていたことを綾も思い出し、つられて懐かしい気持ちになる。

「でも、すぐお母さんに取り上げられて」

「あんたの親、男女交際に厳しいタイプ？」

「そうじゃなくて、十真がそのＡＩ……」

悟美は楽しそうに思い出し笑いをする。

「改造しちゃってて」

ん？　と疑問を抱く綾。あのおもちゃが流行っていたのは、確か自分が小学生の頃だったはず。それを、同級生の十真が改造？

「……いつ頃の話？」

「小学三年生」

「筋金入りだな、アイツ」

「うん。十真、昔からすごかったの」

「え？　ああ、そうね……いろんな意味で」

綾としては決して褒め言葉のつもりはなかったのだが、悟美が嬉しそうなのであえて突っ込まないでおく。

「それでお母さん、ＡＩを元に戻して、十真に突っ返したの。それ以来、気まずくなっちゃって……」

「バカじゃないの。あんた悪くないじゃん」

きっと綾なら、そんなことがあっても気にせずそれまで通りに話すことができただろう。だけど、悟美と十真にはそれができなかった。

私のためにしてくれた得意なことを、十真は否定された。私のせいで十真を傷つけてしまった。悟美は今でもそう思っている。そんなくだらないことが原因で、二人はそのあと何年も気まずい関係のままなのだ。

なにか、ちょっとしたきっかけがあれば。綾はそう歯がゆく思うのだった。

○

二人がそんな会話をしているとはつゆ知らず、客間では十真たちが無邪気に遊んでいる。指相撲で十真を完封した詩音、次はゴッちゃんと腕相撲対決だ。

「詩音、僕が手を離したらスタート。いい？」

「おし！」

頷く詩音に気合いを入れるゴッちゃん。結果はわかりきっているが。

「レディー、ゴー！」

「のわっ！」

十真の合図とほぼ同時に、ゴッちゃんの腕は一瞬で押し倒された。

「うわマジかよぉ……」

「あははは！」

楽しそうに笑う十真の耳に、詩音がぽつりと呟くのが聞こえる。

「サトミ、いま幸せかなぁ」

それを聞いて、十真は思う。詩音は本当に、悟美を幸せにしたいんだな、と。

思い返せば、詩音は最初からそうだった。二年三組に転入してきて、自己紹介をするよりも早く、悟美に向かって「サトミ！　いま、幸せ？」と——

あれ？　と、そこで初めて十真は疑問に思う。

「詩音、そう言えば……どうして悟美の名前、知ってたの？」

それは、素朴な疑問だった。

あのときの悟美の反応からして、悟美と詩音は初対面だったはずだ。なのに詩音は悟美の名前を知っていた。悟美の母親が教えていたのだろうか？　それともあらかじめクラスメイトのデータを入力されていた？

別にどちらでも不思議はない。十真としては、詩音がそのどちらかの返答をしてきて「ああ、そうなんだ」と答えて終わる、ただそれだけの質問のつもりだった。

だが、詩音の返答は、完全に十真の予想外のものだった。

「その質問、命令ですか？」

固まる十真。貼りついた笑みの詩音。

詩音のこの返答は、どういう意味だ？

十真は考える。ＡＩは人間の命令に逆らうことはできない。だから普通なら、詩音は今の質問に答えるはずだ。だが、詩音はわざわざそれは命令かと確認してきた。つまり、命令でないなら答えたくない、ということだ。

詩音は、悟美の名前を知っていた理由を答えたくない、と思っている。

詩音は何かを、隠している？

——十真のそれ以上の思考を遮って、家のセキュリティＡＩが話し始めた。

〈おかえりなさいませ。天野美津子さんが、あと一分で帰宅します〉

「ええっ！」

「なに？」

叫ぶ悟美に驚く綾。

「お母さんが帰ってきた！」

「あぁ、じゃあ挨拶しないと」

サンダーのその反応は、普通であれば至極まっとうなものだ。だが、今のこの状況ではただの「同級生の母親」では済ませられない事情が一つある。

「あっ！」

それに最初に気づいたのは、やはり十真だ。

「悟美のお母さん、ホシマラボの……」

『……あっ！』

その意味に気づいたゴッちゃんと綾が同時に叫ぶ。サンダーは理解しておらず、ん？と首を傾げている。

悟美の母親は、星間ラボの天野博士である。つまり、詩音が今ここにいることを最も知られてはいけない相手だった。

「ちょっと悟美！　夜まで帰らないんじゃなかったの⁉」

「そ、そのはずなんだけど！」

焦った綾が悟美に食ってかかる。悟美もなぜ帰ってきたのかわからず混乱している。

ゴッちゃんは、リビングの隣の引き戸を指さして言う。

「とりあえず、そっちの部屋に隠れたらどうだ？」

「そこはお母さんの部屋！」

「どうした？　何をそんなに慌ててるんだ⁉」

まだ状況を理解していないサンダー。

そしてやはり、一番冷静なのは十真だった。

両手を頭に当てて考えながら、目を合わさずに悟美に聞く。

「……悟美。悟美の部屋は開いてる？」

「え？　う、うん」

頷く悟美。十真は続けて綾に聞く。

「佐藤さん、スマホ、もうしばらく詩音に貸しててくれない？」

「いいけど……」

「よし。詩音、佐藤さんのスマホを持ってすぐに二階の悟美の部屋に隠れるんだ。君がお母さんに見つかったら悟美が困る。僕がスマホに合図するまで、絶対に部屋から出ないこと。いいね？」

「わかった！」

無駄のない十真の説明に、詩音はすぐさま行動に移った。悟美が困る、という一言が詩音には一番効果的だということを十真は理解していた。

「……どういうことだ？」

そしてサンダーは、未だに何も理解していなかった。

○

そんなわけで、詩音は悟美の部屋にやって来た。

しばらくはベッドに座って大人しくしていたのだが、退屈してきたのか、綾のスマートフォンで自分の写真を撮り始める。

「バックアップ」

楽しそうにスマートフォンを眺める詩音。それから部屋を見回して、机の上に無線ルータがあることに気づく。

「そうだ、私のも……ねえ、ネットワーク貸してくれる?」

〈了解しました〉

詩音のお願いに、ルームＡＩが返事をする。

そして詩音はルータに手を乗せ、接触接続を開始した。

詩音は、無線接続ができないように作られている。これはプログラムなど機密情報の流出を防ぐ意味もあるのだが、それ以外に今回のシオン・プロジェクトのコンセプトにも関係していた。シオン・プロジェクトというのは「ＡＩがいかに人間らしくふるまえるか」を実証するテストなので、調べ物などをするときも人間と同じく、本やパソコンを使わなければいけないように作られたのだ。

詩音と接続したルータは、本来ならあり得ない七色のランプを点灯させ始める。詩音はそこからネットワークに接続し、景部高校の電子工作部にあるゴミ箱型ハードディスクにアクセスして、自分のデータをアップロードし始めた。星間のラボでも定期的にバックアップを取っているが、違うところに保存しておくのも大切だ。

バックアップを終えた詩音は、机の上に置かれたタブレットＰＣに気づいた。

手にとって電源をつけ、中に保存されているデータを検索し、劇場アニメ『ムーンプリンセス』の動画を見つけて再生し始める。

いくつか登録されているブックマークの中から、最も再生数が多いシーンに飛ぶ。物語終盤、お姫様のムーンが実は月の世界の人間だったということが明らかになり、月へ帰ることになる。それを知った各国の王子たちは「ムーンが帰ってしまうのはお前のせいだ」と喧嘩を始めるが、ムーンの歌で仲直りをするという『月の舞踏会』のシーンだ。

「これがサトミのお気に入りなのね」

〈はい。再生回数1138回です〉

答えるAIの声は、どこかはずんでいるようにも聞こえる。

「変わってないなぁ」

嬉しそうに呟く詩音。

その間も、大音量で流れるムーンの歌が、下の階にまで聞こえていた。

◯

「悟美、帰ってるの？　……あら」

『お邪魔してまーす』

行儀よく座り、美津子に挨拶をする十真たち。なんとか笑顔を見せているが、心の中は「詩音、余計なことをするなよ」と不安でいっぱいだ。

美津子は久しぶりに見る十真の顔に驚きながらも、見たことのない面々が気になってい
た。悟美がこんなに人を連れてくるなど初めてのことだ。

「お友達?」

「友達が試合に勝ったから、お祝い」

まだ王様帽子を被ったままの今回の主役、サンダーがかしこまって頭を下げる。

「あ、ども」

「おめでとう。どうぞ自由に使ってちょうだい」

優しく笑い、美津子は自分の部屋へと消えた。胸をなで下ろす一同。だがまだ安心はできない。詩音が見つかる危険性は十分にある。なぜ母が帰ってきたのか、これからずっと家にいるのかなど、確認するために悟美は美津子の後を追う。いつもなら夜まで帰らないはずなのだが。

美津子は部屋の引き戸を開け放したまま、電気もつけずにパソコンに向かっている。その背中に向かっておそるおそる問いかける悟美。

「どうしたの、こんなに早く」

「今夜は徹夜になりそうだから、いったん戻ってきたの」

「何か、あったの？」

「その逆。プロジェクトが超順調だから、会長の視察だとかなんだとかって、対応に大わらわ」

ほっと息をつく悟美。ひとまず、会社の方も詩音の方も問題はないようだ。

だが、問題を起こすのはいつも詩音である。

急に二階から、大音量でムーンプリンセスの歌が聞こえてきた。

「あっ⁉」

焦る悟美。美津子が二階を見上げて首を傾げる。

「悟美の部屋？」

「あっ、あれ？　アラームかけそこなったかな」

なにやってるのよ詩音、と思いつつ二階へ向かおうとする悟美。そこに綾たちがからかうような声をかける。

「あんたの目覚まし、ムーンプリンセスなの？」

「意外とかわいいのな」

「子供の頃、観たなぁ」

綾、ゴッちゃん、サンダーと畳みかけるように言われ、悟美は照れながら反論する。

「いっ、いいでしょ！」

「変わってないね」

嬉しそうに十真が口にしたのは、奇しくも詩音とまったく同じ言葉だった。

そのとき、鳴り止まない音楽を訝しみ、美津子が部屋から出てくる。

「誤動作なら気になるわね。ちょっと見てくる」

「あ、わわわ、私が行くっ」

「いいのよ。パーティー楽しんで」

「あぁ、でも――」

「AIのことなら任せなさい！」

どうにも美津子を引き止められそうにない悟美を助けるため、十真が立ち上がる。慌てていたためテーブルに膝をぶつけてしまった。

「いって……はい！　はい！　泥棒かも！」

「……はい？」

そんな馬鹿な、と苦笑いで返す美津子。なんとか説得しようと十真の言葉は大袈裟になっていく。

「いやその、産業スパイですよ！　天野博士の立場なら、あり得るんじゃ……」

「まさか。うちはAIセキュリティよ？」

呆れたように笑いながら、美津子は念のためホームAIに問いかける。

「悟美の部屋、誰もいないわよね？」

〈一名、います〉

　ＡＩは、嘘をつけない。

『っ⁉』

　一気に焦り始める一同。もちろん、美津子とその他メンバーの焦りの理由はまったく違うものだ。さすがに傍観してはいられなくなり、ゴッちゃんも立ち上がる。

「まずは俺らで様子見てきますよ！」

「僕も！」

「だ、ダメ！」

　なぜか悟美が、頰を赤らめながらそれを止める。

「は？」

「私の部屋、入っちゃダメ！」

　いわゆる乙女心である。詩音ならともかく、なんの準備もしていない部屋に同級生の男の子を入れるなどできるわけがない。ましてや十真もいるのだから。

　だが、事情を知らない美津子はそんな娘に気を使う余裕などあるわけがない。

「バカっ、そんなことより警察！　いや、星間の保安部に連絡した方が……」

「それもダメっ！」

「はあ!?　何言ってるのよ！」

娘の謎の抵抗が理解できず眉根を寄せて叫ぶ美津子。美津子の中では今、二階には星間が誇る最先端のAIセキュリティを突破した知能犯の産業スパイが潜んでいることになっているのだ。十真の出任せが最悪の形で効果を発揮してしまった。どう言って説得すればいいのか、悟美は困り果ててしまう。

「いや、その――」

そして、突然。

「うおおおおおおおおおっ！」

サンダーが机に突っ伏し、悲痛な雄叫びを上げた。

「ごめんなさい、おばさん！　俺たち、嘘ついてましたっ！」

「おいサンダー！」

「隠しごととか、俺には無理だっ！」

突然の激白に、美津子はなんとか状況を理解しようとする。

「……お友達、もう一人いるの？」

それが、美津子の導き出した最も蓋然性の高い答えだった。

「えっと……」

「おばさん、これには事情が――」

必死でごまかそうとする悟美と十真。しかし、うまい言い訳が咄嗟に思いつかない。

起死回生の策を思いついたのは、綾だった。

「悟美の彼氏です！」

『えっ⁉』

思わず美津子と一緒に叫んでしまった十真の頭を、ゴッちゃんがぺしっとはたく。

「いきなりお母さんに会うのは、緊張するからって。ね？」

「う、うん！」

綾に目配せされ、なんとか調子を合わせる悟美。

頷いた娘を見て、美津子は呆然と呟く。

「悟美に、彼氏が……」

「うん。だから――」

「じゃあ……なおさら挨拶しないと～！」

予想に反し、美津子はその声と表情に歓喜の色を滲ませ、問答無用で走り出した。

「待って！　まだ、心の準備がぁ！」

意味のわからないことを叫びながら追いかけてゆく悟美。

二人の背中を見送りながら「逆効果かぁ」と綾が言う。元凶であるサンダーは「どうすんだっ」と他人事のよう。ゴッちゃんは、こういうときに頼れる男の名を呼ぶ。

「十真っ！」

「っ！」

扉の陰から事件を目撃した家政婦のようなポーズでぽかんと口を開けていた十真は、名前を呼ばれてはっと我に返った。緊急時、詩音に連絡するのは自分の役目だ！　慌ててスマートフォンを手に取り、メッセージアプリで詩音に指示を送る。

悟美は美津子を追いかける。美津子はすでに悟美の部屋に辿り着こうとしている。母がこれほど早く走れることを悟美は初めて知った。果たして間に合うのか。

「待って！」

「だぁーいじょうぶぅ、別に反対なんかしないからぁ」

「そうじゃないの。聞いてよ！」

「初めましてぇー♪」

そしてついに、悟美の部屋の扉が開かれた。

もう駄目だ、と観念して目を閉じる悟美。

美津子は部屋の中を見て、肩を落とし、ため息をつく。

「……次は逃げないよう言っときなさい」

部屋の中にはすでに詩音の姿はなく、開け放たれた窓から吹き込む風が、弱々しくカーテンを揺らしていた。

バス停の堤防に腰掛け、詩音は綾のスマートフォンに届いた十真からのメッセージを読み返している。

さとみがピンチ
窓からにげて!
バス停でおちあおう

変換も間に合っていないそのメッセージからよほどの危急性を読み取った詩音は、ひとまず返事は後回しにして、即座に悟美の部屋を抜け出した。そして靴下のままバス停へ行き、命令を遂行してからやっと、ムーンプリンセスのスタンプで「OK!」と十真に返事を送った。

「ラララーラララーララー♪」

詩音は潮月海岸の方を眺めながら鼻歌を歌っている。敷き詰められたソーラーパネルが夕日を跳ね返しており、その向こうではダリウス風車がくるくると回っている。

詩音は考えている。どうすれば悟美が幸せになるのか、それだけを。

だから、気がつかなかった。

詩音の後ろを、星間からの迎えの車が走っていったことに。

Scene.3　月の舞踏会

「それじゃ、失礼しまーす」

天野家の玄関で、綾は丁寧に頭を下げる。

「またいつでも来てね。十真くんも、久しぶりに会えて嬉しかったわ」

「いえっ、こちらこそ……」

美津子に言われ、やや気まずそうに返す十真。例のAIトイの一件以来、十真は少しだけ美津子に苦手意識がある。それは成長した今も同じだった。

だが悟美は、そんな二人の様子を見て、安心していた。

少なくともお母さんは、十真のことを悪く思ってなんていない。だったら大丈夫だ。十真ももう気にすることはないし、私たちはきっとまた、昔みたいに戻れる、と。

「じゃあ、明日学校でね」

皆に別れの言葉を投げかける悟美。その声はいつもよりも明るい。そんな悟美に、ゴッちゃんとサンダーも親しげに返事をする。

「おう、またな」

「天野、今日はありがとう」

手を振って歩き出す男子たちの背中を、悟美はなんだかくすぐったい思いで見送る。少し前までは、あまり言葉を交わすこともないただの同級生だった。

「あー、サボったサボった」

「ああ、そうだった……」

楽しそうなゴッちゃんとは対照的に、学校をサボってしまった事実を思い出し今さらながらに肩を落とすサンダー。同じ立場のはずの十真は、学校をサボって友達と一緒に遊ぶという体験に満足しているようでにこにこしている。

思えば不思議なものだ。悟美だけではなく、大して接点のなかったメンバーが、詩音が来てからの数日ですっかり仲良くなってしまった。自分もその中にいるのかな、と考えると、悟美は嬉しくなってしまう。これも詩音のおかげなのだろうか。

ふと、綾が足を止めて振り返った。

「悟美」

「ん？」

何かを言いたげな綾は、しかし自分を見返す悟美の柔らかい表情に、口に出かかった言葉を飲み込んでしまう。

「……なんでもない」

そして結局何も言わないまま、綾も男子たちの後を追って天野家を後にした。

「佐藤さん……」

ぽつりと呟く悟美。

次は、あんたの番でしょ。

綾の背中が、そう言っているような気がした。

○

帰り道に、明るい笑い声が響く。

「いやあ、危なかったよなー」

「さすが十真」

ゴッちゃんとサンダーが口々に十真を褒める。話題になるのはやはり詩音のことだ。十真もまんざらではなさそうに答える。

「詩音の思考ルーチンなら、あれが正解かなって」

「よくわかってんじゃん！」

ゴッちゃんに肩を叩かれて嬉しそうに笑う十真。学校でのおどおどした姿とは違う十真に綾は複雑そうな視線を向け、サンダーは悟美のことに話題を変えた。

「でも、天野って偉いよな。家のこと全部やって」

悟美のことをほとんど何も知らなかったサンダーは、ここ数日で悟美の苦労や頑張りを知って感心していた。十真はまるで自分が褒められたかのように返す。

「昔から、頑張り屋だったから」

悟美のことをよく知らなかったのはゴッちゃんも同じで、今日の楽しそうな悟美の姿を思い返して言う。

「そういや、笑ったとこ初めて見たかも」

「昔は、よく笑ってたけどね」

やはり我がことのようににこにことしている十真。その表情を見れば、十真がどれだけ悟美を大切に思っているか、一目瞭然だ。

だからこそ。

綾は、黙っていられなくなった。

「十真」

急に足を止めた綾につられて、十真たちも立ち止まる。

「なんで悟美が告げ口姫って呼ばれてるか、あんた知ってんの?」

「え……」

　突然向けられた、綾からの咎めるような視線。

「……どうでもいいよ」

　珍しく不快感をあらわにし、綾から目を逸らす十真。

　そんなことはどうでもいい。悟美のことを誰がどう思っていようと、僕には関係ない。僕はいつだって悟美の味方だ。十真はずっとそう思っていた。だが実際には、それは十真にも大いに関係あることだった。

「ああ、三年のタバコをチクったんだろ？」

「え？」

　サンダーが口にした言葉に、十真の思考が一瞬止まる。

　三年。タバコ。チクる。

　それらのキーワードに、十真は心当たりがあった。

「それって、部室の──」

「あれで出場停止になったからなあ、サッカー部。ま、一応うちらんとこのヒーローだったし？　あの人ら」

　十真を遮ってゴッちゃんが言う。それをやったのが悟美であることは、ゴッちゃんも知っていた。そして、綾が何を言いたいのかも。これはささやかながらそのサポートだ。自分と綾が仲直りできたのが悟美のおかげでもあることに、ゴッちゃんはちゃんと気づいていた。

そして十真は思い出す。

去年の冬のことだ。電子工作部の部室にサッカー部の二年生がたむろし、タバコを吸っているのを十真は目撃したことがあった。

「……それ、電子タバコですか？」

「はぁ？」

「お前何年？」

十真はそれ以上何も言えなかった。当時一年生だった十真は、運動部の二年生たちに逆らうなど怖くてできるはずもなく、すごすごと部室を後にした。もしかしたら、もうこの部室は使えなくなるかもしれないな、などと思いながら。

それから度々、電子工作部の部室はサッカー部二年の喫煙所にされた。

しかし、冬休みが明けて二月。サッカー部員たちの喫煙は学校にばれて問題になり、夏の大会への出場が停止になった。それ以来、部室にサッカー部員が来ることはなく、電子工作部の平穏な日常は保たれた。

十真は、それをラッキーだとしか思っていなかった。誰か真面目な人が先生に告げ口してくれたんだ、と。まさか、十真の部室を守るために悟美がやったなどとは、夢にも思わなかった。

今になって真実を知り呆然とする十真に、綾が追い打ちをかける。

「全部、十真のためなんだよ?」

十真は、何も言うことができない。

告げ口姫と呼ばれ、みんなに疎まれ、孤立してしまった悟美。十真はそんな悟美に対し、何があったか知りたくても声をかける勇気も出せず、せめて酷いことをされないように見守っていようと、セキュリティカメラを覗き見ることしかできなかった。

なのに。

悟美が孤立したのは、自分のせいだったんじゃないか。

「トウマー!」

打ちひしがれる十真を、遠くから呼ぶ声がする。

声のする方を見ると、バス停に詩音が立っていた。

「私、わかっちゃったのー!」

「え?」

靴下だけの足でたたずむ詩音。その顔は夕日を背に受けて影に包まれており、十真からはどんな表情をしているのかよく見えない。

詩音は靴下が汚れるのも厭わず、十真に向かってゆらりと歩いてくる。

「一人の幸せが、みんなを幸せにするんだったら」

だんだんとその表情が見えてくる。そこにはやはり、いつもの笑みが貼りついている。真っ直ぐに十真を見つめる瞳は、そこに落とされた影も相まって、なぜだろう、底なし沼のような暗さを感じさせる。

その闇に引き寄せられるように、十真も詩音の方に歩いていく。

「ターゲットは、サトミじゃなくて」

そして、横断歩道の真ん中で向かい合う二人。

詩音はいきなり、十真の両肩をがしっと摑んだ。

「えっ⁉」

「十真！」

「詩音⁉」

「どうしたの詩音⁉」

ゴッちゃんが十真を、サンダーが詩音の名を呼ぶ。綾は唐突な詩音の行動に不安の声を上げる。十真は肩から詩音の手をどけようとするが、十真の力ではびくともしない。あらためて、目の前にいるのが人間ではないことを実感する。

「詩音――」

「大丈夫。私がトウマを幸せにするから」

「っ」

詩音の言動が理解できず、息をのむ十真。

いつもの貼りついた詩音の笑みが、恐ろしいほどに澄み切ったその瞳が、真っ直ぐに十真を見つめている。

「幸せになるためだったら、なんでもするよね？」

○

「よっと」

パーティー用に動かしていたテレビを元の位置に戻しながら、悟美は意識せず口元を綻ばせる。いろいろあったけど、今日は楽しかったな、などと思いながら。

「悟美、最近なんだか楽しそう」

仕事をしながら、美津子もどこか嬉しそうに言う。

悟美があまり学校生活を楽しんでいないらしいことは、母親として薄々感づいていた。だけど、今日の様子を見る限り大丈夫そうだ、と安心していた。

悟美はそんな美津子の背中を見つめて考える。

確かにそうだ。私は最近、ちょっと楽しい。

「……ねえ、お母さん」

そしてそれは、詩音のおかげなのだ。

「AIが、人を幸せにしたいって言うと思う?」

思いきって、悟美は聞いてみた。

詩音がAIということは知らないことになっているのだから、少しいきなりすぎる質問かもしれない。だけど母はAI開発の技術者だし、たまにこういう会話をすることもある。少しくらい大丈夫だろう。

「んー? 誰かが命令を与えれば、そうなるわ」

美津子はそれを単なる雑談としか思っていないようで、パソコンに向かってキーボードを叩きながら生返事を返す。

「えっと……そうじゃなくて……」

違う。詩音にそんな命令は出されていないはずだ。なのに詩音は私を幸せにしようとしている。それはなぜか? それが知りたいのだが、詩音のことを隠したままでどう聞けばいいのかがわからない。

仕事を終え、パソコンをシャットダウンする美津子。葛藤している悟美の様子に、あ
あ、これは意外と大事な質問なんだなと思い返し、答え直す。

「大事なのはね、その命令をAIがどう捉えるかってことなの。たとえば、誰かを幸せに

するための行動が、逆に不幸を招くことだってあるかもしれない」

それを聞いて、はっと悟美は気づく。

詩音が悟美を幸せにしようとする手段は、悟美からしてみれば突拍子もないことばかりだ。もしも詩音が「悟美を幸せにする」という目的を最優先しようとするなら、今後それがもっとよくない手段に、そしてよくない結果に繋がることもあるのだろうか。

「……AIが人を傷つけることも、あるってこと？」

「そう考えている人も少なくないわ。残念なことにね」

詩音はそんなことをしない、と自然に思っている自分に、悟美は少し驚く。最初はあんなにも、何をしでかすかわからないと警戒していたのに。いつの間にか詩音を信じるようになっている。

美津子は悟美の目を見て、不安をぬぐい去るように優しく言う。

「でも、そういうことを乗り越えてAIがみんなを幸せにしたとき……私の仕事は報われるんだって、そう思ってるの」

それが美津子の信念であり、今回のテストの理由でもある。

AIが、目的のために人を犠牲にする可能性は、残念ながらある。だから、幸せとは辞書的な意味だけではないのだと、目的よりも優先させるべきことがあるのだと、そういったことまで自己判断できるAIを作るのが美津子の仕事であり、夢だった。

その答えは、悟美が最初に聞きたかった答えではない。だけど、とても大切なことを言われたのだということはわかった。

そして思う。詩音はきっと、そんなＡＩになれると。

――詩音のこと、やっぱりお母さんには言った方がいいんじゃないだろうか。

その方が、きっとテストは良い方向に進む。悟美はそんな気がした。

「……お母さん、実は――」

言いかけた悟美の決意を遮るように、テーブルの上で悟美のスマートフォンが震えた。

画面には幼い頃の十真の写真が表示されている。メッセージではなく音声通話だ。十真から着信だなんて何年ぶりだろう。何かあったのだろうか。

「もしもし、どうしたの？」

通話に出てみるが、強風でも吹いているのか、聞こえてくるのはごうごうというノイズばかりだ。

「どうしたの、十真？」

〈シオンだよ〉

「えっ？」

突然、明瞭に聞こえてきたのは詩音の声だった。

〈サトミ。私、ターゲットを変更することにしたの〉

「……なんのこと？」

〈私、トウマを幸せにするの。だって――〉

〈え⁉　も――ん――の⁉　こ――の――――が――ない――！〉

詩音の声がノイズにかき消される。が、耳を澄ますとノイズの中に十真の声が聞こえるのがわかる。なんと言っているのかはわからないが、何やら焦って叫んでいるようにも聞こえる。

〈心配しないで。うまくいくから〉

「えっ？　なに⁉」

ただ事ではない十真の声に対するいつも通りの詩音の声が、余計に悟美の不安を煽る。しかし、詩音は詳しいことはなにも口にせず。

〈ショータイムよ、サトミ！〉

その言葉を最後に、通話は切れてしまった。

「十真くん、どうしたの？」

悟美の通話を後ろで聞いていた美津子が、当然の疑問を口にする。どうしたの、は悟美の方こそ知りたいことだった。

「……し、」

詩音が、と口にしかけたその瞬間、十真のスマートフォンからメッセージが届く。文章はなく、写真が一枚だけ。

おそらく詩音が自撮りしたと思われるその写真には、逆光で影になって妙に不気味な詩音の顔と、潮月海岸のメガソーラー、そしてダリウス風車が写っていた。

詩音が、十真のスマートフォンでこの画像を送ってきた、その意味は？

美津子の言葉が脳裏に蘇る。「誰かを幸せにするための行動が、逆に不幸を招くことだってあるかもしれない」……詩音は大丈夫だ。そう思いたい。だけど、自分がいったい詩音の何を知っているんだろう？

詩音はいったい、何をしようとしている？

「……ちょっと……出かけてくる！」

「ちょっ……どうしたの⁉」

美津子の声にも応えず、悟美は家を飛び出して走り出した。

すでに夕暮れも終わりつつあり、東の空から夜が迫っている。その闇に不安をかき立てられるように、悟美は海岸へと走る。

大丈夫だ。詩音が十真に危害を加えるわけがない。詩音は言ったではないか、十真を幸せにすると。実際に詩音は、綾を、ゴッちゃんを、サンダーを幸せにしてきた。だから大丈夫だ。

悟美は息を切らせて走る。やがて夜の帳が完全に空を覆った頃にやっと潮月海岸に辿り着くが、ソーラーパネルもダリウス風車もいくらでもあるので、写真の場所がどこなのか正確にわからない。途方に暮れて海岸を見渡す悟美。

するると、月明かりの中にうすぼんやりと、建物の形が見えることに気づいた。目をこらす。それは、メガソーラーの管理小屋だ。

その屋根の上に、たたずむ人影があった。

「詩音！」

間違いない。それは詩音だった。

悟美は海岸に下り、月明かりを頼りにソーラーパネルの間を縫って管理小屋へと走る。

そして必死で不安を圧し殺しながら、詩音の名を呼ぶ。

「詩音！　十真はどこ⁉」

頼むから、悪いことが起きていませんように。そう祈りながら走る悟美に、詩音は大きく声を張り上げて答えた。

「ストーーーーーップ！」

思わず足を止める悟美。

その声は、悟美の不安とは裏腹に、どこか気の抜けるようなのどかな声だった。

「えーっと……あと、一歩進んで」

「え……？」

管理小屋の上で、詩音が右手を振っているのが見える。いつも通りの明るい声に毒気を抜かれ、悟美はわけがわからないままに、素直に詩音の言う通り一歩横へずれる。

「そう！　そこがベストポジション！　ちゃんと見ててね」

「え……なにを？」

混乱する悟美に、詩音は優しい声で言う。

「サトミが好きだったこと」

その声は。

「サトミが素敵だなって思うこと」

悟美が今まで聞いた詩音の声の中で、最も優しい響きだった。

そして詩音は、深く息を吸う仕草をして。

月の光にとけるような声で、柔らかく歌い始めた。

　あなたはいま　幸せかな？
　教えてあげるね

海岸の各所に備え付けられた緊急放送用のスピーカーから、ピアノの音が流れ始める。

暗く静かな海岸に響くその音と詩音の歌声が、悟美の心のさざ波をゆっくりと凪（なぎ）へ導いていく。

暗い夜を歩いてるなら
俯いた顔を上げて
見えるはずだよ　月の光

モーターの駆動音にふと悟美が目を落とすと、海岸に敷き詰められたソーラーパネルが、協働によって一斉に角度を変え始めていた。

やがて、すべてのパネルが真っ直ぐに天を向く。

一枚の大きな鏡となった潮月海岸に、一面に夜空が映し出された。

周りを見回す悟美。前にも後ろにも横にも、そして上にも。見える場所すべてに、星と雲が浮かんでいる。目線の下には大きな月。まるで星空の中に立っているかのようで、悟美はふわふわと浮かんでいるような錯覚さえ覚える。

あなたを照らすその明かりも
ひとりぼっちじゃ　輝けない光なんだよ

管理小屋の陰、悟美から見えない位置に、十真が待機している。緊張した面持ちの十真は、何かを決意するようにぐっと両手を握る。

綾が「いけいけ!」と勇気づけるように微笑み、ゴッちゃんも力強く親指を立てる。サンダーに「来いよ!」と手招きされ、十真は意を決して管理小屋の屋上に続く梯子(はしご)を登り始めた。

　誰だって　誰かのこと
　照らしてあげる光だから

詩音が空に手を掲げると、スピーカーから流れる曲が一気に音を重ねて厚くなる。

そして同時に、ダリウス風車に仕込まれたさまざまな色のLEDライトが、一斉に灯り始めた。

下から上へ、イルミネーションが夜空を飾ってゆく。ソーラーパネルに映る光は逆方向へ。悟美を中心にして、夜空の蓋が開いていく。

まるで夢の世界への入り口みたいなその光景に、悟美は子供のように目を輝かせた。

極彩色の輝きが空間を染め上げていく中、詩音は自分の胸を抱くように両腕を合わせ、もったいつけて大きく左手を振る。

見守って

その、詩音の左手に合わせて。

「いーたんだよーずっとぉ――――!」

隠れていた十真が、詩音の隣に駆け上り、大きな声で歌い始めた。

「十真……」

驚いて目を丸くする悟美。

十真が、歌ってる。

もしかして、私のために?

途端に、悟美の頬が赤く染まった。

見守っていたんだよ、ずっと。そう歌う十真。

そうなの?

十真はずっと、私を見守ってくれていたの?

さらに反対側から、両手を繋いだ綾とゴッちゃんが現れて、歌声を重ねた。

「おー互いにー♪ 素直ーに笑いあーってー♪」

素直に笑い合えた、綾とゴッちゃん。

もちろん、サンダーも一緒だ。両手を上げて、やや外れた調子ではあったけど。

「必ずー♪　強くなーれーるってーことにー♪」

強くなれた、サンダー。

そして、詩音。

みんなが悟美のために、歌っている。

　気づいたら　空を見上げて

悟美は、空を見上げる。

詩音が両手を上げると、ダリウス風車のLEDが派手にショートし、破裂音と共に、夜空に七色の光をふりまき始めた。それは、夜空を染める電子の花火だった。

言葉もなくその光景に見とれる悟美。その両目には涙が浮かんでいる。

だって、こんなのまるで、ムーンプリンセスの『月の舞踏会』だ。

ずっと憧れていた、夢のように素敵な光景の中に、悟美は今、立っている。

　きっとあなたは幸せだよ
友達が友達を想って

管理小屋の屋上から、十真が飛び降りた。

ゴッちゃんの、綾の、サンダーの、力強い声に背中を押されながら、王子様のように十真は走る。お姫様の元へ。悟美のそばへ。

詩音は祈るように両手を組んで、悟美を見つめながら歌う。

いつでも傍(そば)にいるってことを
伝えあう笑顔に会えたから

組んでいた両手を開き、悟美を包み込むようにその手を伸ばす詩音。その手に悟美の目は引きつけられる。

だけど、違うよ、と詩音が目配せする。サトミの王子様はここじゃないよ、と。

詩音の目線に導かれ、悟美が横を見ると、いつの間にか十真がすぐ近くまで走ってきていた。

肩で息をする十真。その十真と見つめ合う悟美。

二人を囲むソーラーパネルには、大きな月が映し出されている。

月明かりの綺麗な空の下で
さあ　手を繋ごう

夜空に両腕を広げ、詩音は高らかに声を響かせる。

電子の火花は長く大気中を漂い、いまや空一面を光が埋め尽くしていた。色とりどりの光は尾を引いて、魔法の粉のように海岸に降り注ぐ。

それは、幸せの魔法だった。

魔法にかけられた悟美の瞳から、涙がこぼれ落ちた。

少し慌てる十真。けれどすぐに、その涙が幸せな涙だと気づいて笑顔になる。

詩音にこの計画を聞かされた時、十真は大反対した。そんな無茶なことができるはずがない、と。メガソーラーを動かすのもダリウス風車を光らせるのも無茶苦茶だ。それにその時間まで学校に戻らなければ、星間の迎えに確実にバレる。ついでに言うと、自分が歌うというのも恥ずかしすぎて考えられなかった。

しかし、今。

やってよかったと、心から十真は思っていた。

だって、悟美が泣いている。こんなにも幸せそうに。

悟美がこんな涙を流せたというだけで、やる価値はあった。十真はそう思った。

一方、幸せな涙というものがわからない詩音は、不安そうに呟く。

「サトミ、泣いてる……悲しいの？」

「バカ。嬉しいんだよ」

綾にそう言われても、詩音はうまく処理できない。

「でも、泣いてる……」

嬉しいのにどうして悟美は泣くのか。その因果を演算しようとしている。

そんな詩音には気づかず、悟美はしゃくり上げながら、十真に言う。

「バカみたいって、思うかもしれないけど……」

恥ずかしくて言えなかった幼い憧れも、魔法がかかった今なら素直に口にできる。相手が十真ならなおさらだ。

「こんな景色、ずっと見たかった。子供の頃からずっと」

「知ってた！」

十真は、力強く答える。

ずっと前から知っていた。悟美が好きなもの。憧れていること。それを子供っぽくて恥ずかしいと思っていること、知られないように我慢していることも、全部。

「……ずっと」

だって、ずっと、見守っていたから。

そして悟美も知っていた。そんな自分の幼稚な思いを、十真は決して馬鹿にしたりしないということを。

話せない時間が長かった。きっとその時間は、本当ならもっと楽しい時間だった。失われたその時間を埋めるように、二人は静かに見つめ合う。今まで感じたことのないむず痒い空気が、互いの間に流れているのを感じる。恥ずかしい。なのに目を逸らせない。その空気がなぜだか心地よい。

管理小屋の屋根の上からその様子を見ているゴッちゃんたちが、二人には聞こえないよう小さな声ではやし立てる。

「いい感じじゃね？」

「さいっこうのシチュエーションじゃん！」

「一本決めろ！」

しかしそんな三人の気配りを無駄にして、詩音は普通に十真に話しかけてしまう。

「トウマ、これで素直に言える？」

「あっ、バカ！」

「え……えぇっ？」

詩音を叱るゴッちゃん。悟美は、どういうこと？　と慌てる。もう十分に欲しい言葉はもらったのに、十真はまだ何かを言おうとしている？　いったい何を？

慌てたのは十真も同じだ。これは自分が、自分の意思で言わなければいけないことだ。なのにこのままでは詩音が言ってしまいかねない。

十真は意を決し、言わなければならないこと、もっと早くに言うべきだったこと、今、心の底から伝えたいそのことを、思いきって声にした。

「ありがとう！」

きょとん、と十真を見返す悟美。

「僕の大切な場所、守ってくれて！」

それは、悟美がまったく予想していなかった言葉だった。

十真は深く息を吸い、心を落ち着かせて、続ける。

「……悟美のこと、ずっと見てたつもりだったのに、今まで気づかなくてごめん」

そして、謝りたかった。自分のせいで告げ口姫になってしまった、勇気のある悟美。それに気づけなかった、勇気のない自分。悟美のような勇気があれば、もっと早く気づけていたはずだった。そうすれば、悟美は孤独でいなくてすんだかもしれないのに。自分が情けない。

でも、それはもう終わりにするんだ。

「でも、これからは違う！」

男らしくはっきりと、自信を持って声を張り上げる十真。

そうだ、これからは違う。今度こそ本当に、僕が悟美を守る！

雄弁にそう語りかける十真の瞳を、悟美は呆然と見つめている。

十真が、ありがとうと言ってくれた。大切な場所を守ってくれて、と。

伝わらなくていいと思っていた。

あれは、幼い頃に十真を傷つけてしまった、罪滅ぼしなのだから。

十真を助けられたならそれでいい。その結果自分がどうなっても大丈夫。それは私への罰なのだから。そう思っていた。

だけど、十真は知ってくれた。わかってくれた。

本当は、大丈夫なわけなんてなかった。告げ口姫と呼ばれるのは辛かった。一人でお弁当を食べるのは寂しかった。

友達が、ほしかった。

今は、自分のために歌ってくれる人がいる。

私には、友達がいる。

そして、月の舞踏会のようなこんな光景の中、自分の目を真っ直ぐに見つめてくれる人がいる。

「十真……」

悟美の表情は抑えきれない喜びに溢れ、頬は赤く染まっている。

十真はさらなる決意を口にしようと、一歩を踏み出す。

「僕が……悟美のことを守るって——」

次の瞬間。

ばしゅん、と。

聞き慣れない音がして、全員がそちらを向いた。

詩音の背中に突き刺さった弾丸が放電し、詩音の体がびくびくと震えた。

それは、星間の保安部員が撃ったワイヤレススタンガンの弾だった。

続けて二発、三発と、弾が詩音に撃ち込まれる。それらが一斉に放電し、詩音の体が弾(はじ)けたように揺れる。

「詩音！」

悟美の叫びが、夜に消える。

詩音が空に伸ばした手の先には、満月まであとわずかな十三夜月が輝いている。

だがその手は、月を掴むことはなく。

詩音の体は、管理小屋の屋根から落ちていった。

Scene. 4　シオン・プロジェクト〈3〉

星間ビル、会議室。

保安部員に連行された悟美たちは、一人ずつ別の部屋に隔離され、社員から事情聴取を受けていた。

ゴッちゃんは腕を組んでそっぽを向き、何も喋ろうとしない。こういうとき、子供が大人に何かを言っても無駄だとわかっているからだ。せめて余計なことは何も言わないのが精一杯の抵抗だった。

綾は耳を塞いで頭を振り、大声を出して大人たちを拒絶している。大人たちへの怒りと、自分たちのせいで詩音が撃たれてしまったのではないかという罪悪感が、綾の心を苛んでいる。

サンダーは実力行使で反抗的な態度を取ってしまい、大人たちに力尽くで取り抑えられた。詩音のおかげで強くなれたのに、詩音のために何もできないことが悔しくて仕方なかった。

十真の事情聴取を担当したのは、美津子の部下である野見山だ。詩音の送り迎えをしていた人物であり、今日バス停にいる詩音を見かけて会社に通報した人物でもある。

野見山は、比較的穏やかに十真の話を聞いていた。それで十真も、この人なら何とかしてくれるかもしれないと思い、詩音に責任はないという根拠を並べてみせた。しかし結局は野見山も星間の人間なので、十真の訴えに心を動かすことはなかった。

「シオンがハッキングを仕掛けたのは、セキュリティカメラだけじゃない。校内の放送、照明システム、洋上実験中のメガソーラーにダリウス風車……」

全部バレている。本当なら、少なくとも潮月海岸での出来事はごまかすためのシナリオを用意していた。詩音を人間だと思っている十真たちが、強引にサボらせて遊びに連れ出したということにする。詩音は人間のふりをするためにその誘いに乗った。それはそれでテストとしては良い結果のはずだ。そして海岸で花火をして解散した、というシナリオになる予定だった。電子の花火は本物の花火のように遠くまでは見えないし、あんな時間の潮月海岸には誰もいない。カメラの映像はAIに改ざんしてもらえる。すべてが上手くいきさえすれば、ごまかすことは不可能ではないはずだった。

誤算だったのは、花火が想像以上に派手だったのと、詩音の姿を野見山に見られてしまったこと。野見山はさらに、追い打ちをかけるように言う。

「おまけに緊急停止装置も無効化されているときた」

「っ」

息を呑む十真。一番の問題はそれだった。

もしもＡＩが自分でそんなことをしたとなれば、それは脅威と見なされても仕方がない。だが、緊急停止装置を無効化したのは自分だ。そのせいで詩音の命運が左右されるのならば、それは自分がやったんだと言わなければならない。

だが、十真はどうしてもその一言が言い出せなかった。

子供がおもちゃのＡＩを改造するのとはわけが違う。もし正直に言ってしまえば、今度こそ、悟美のお母さんは許してくれないかもしれない。せっかく今日、またいつでも来てねと言ってくれたばかりなのに。

悟美との失われた時間を取り戻すのに、八年もかかってしまった。もうあんな思いはしたくない。今度こそ、悟美を一人にしないと決めたんだ。そのためなら、きっと詩音も

——そう自分に言い聞かせる。

「恐ろしいＡＩだねぇ」

野見山の言葉に、十真はただ黙っていることしかできなかった。

そして悟美は、美津子の上司であり星間エレクトロニクス景部支社長である西城から、直々の事情聴取を受けていた。

「最初に言っておこう。君たちは子供だ」

「……大人には、口出しするなってことですか」

「そのうち嫌でも大人になる。それまでは子供を楽しんだ方がいい」

西城の言い分が、悟美はまったく納得できない。大人とか子供とか、そんなこと今はどうでもいい。大切なのは詩音のことだ。

「……詩音は、どうなるんですか？」

「アレはわが社の製品だ」

「違います。詩音は物じゃない」

これ見よがしにため息をつく西城。悟美の真剣な言葉もその心には届かない。

「だから子供だと言うんだ」

悟美を見下す視線は、子供の言うことはすべて間違いだ、とでも言いたげだ。

「学校側の許可も取らずに、ＡＩの実験が行われた。ＡＩ規制法に触れかねない大問題だ。しかも、そのＡＩが致命的なバグを抱えていたとなればなおさらだ。未成年の君たちに危害を加える可能性があったんだからな」

「詩音はそんなことしません！」

「大人扱いしてもらいたければ、社会の仕組みを考えろ……天野、悟美くん」

「っ」

もったいぶった西城の言い方は、お前が天野美津子の娘であることはわかっていると言外に告げていた。知られていると思ってはいたが、いざこうして言われてみると、母を人質に取られたようで反論もできなくなる。

「このことが明るみに出れば星間は大打撃だ。君たちの親が勤めている会社だぞ」

美津子はプロジェクトのチームリーダーだ。なんらかの形で責任を取らされることは免れない。自分のせいで、母がこれまでやってきたことを台無しにしてしまったのかと思うと、悟美は怖くて何も言えなくなる。

「君たちは子供だ。養ってもらっているうちは、親に迷惑をかけるな」

どん、と西城が机を叩く。びくりと身をすくませる悟美。

迷惑だけはかけないように、と思ってやってきた。それが、一番大事なときに、一番かけてはいけない迷惑をかけてしまった。

「うちの社員が見たんだよ。学校にいるはずの時間に、実験機が外にいるのを」

学校をサボって詩音を連れ出そう、と提案したのは自分だ。そんなことさえしなければ、テストは明日で無事終わっていたかもしれない。そうすれば、お母さんも詩音もこんなことにはならず、すべて上手くいっていたのかもしれない。

貝のように黙り込んでしまった悟美を見て、西城はもう一度ため息をつく。

「今日は帰りたまえ。お母さんとよく話すといい」

鼻で笑いながら言い捨てる西城。その嫌らしい態度を見て、悟美は確信する。

母が言っていた。社内には敵も多く、母の失敗を今か今かと手ぐすね引いて待っているやつがいると。この西城という人がそいつに違いない。

今は沈み込んだ気持ちを抱えたまま、言われた通りに家へ帰るしかなかった。

だが、それがわかっても悟美には何もできない。

○

〈おかえりなさいませ、サトミ〉

セキュリティAIが悟美の帰宅を出迎え、玄関の照明がつく。

もう母が帰っているはずなのに、他に明かりのついている部屋はなく、中は真っ暗だ。気のせいか、空気までが暗く淀んで見える。玄関には靴やサマーコートが脱ぎ散らかされており、投げ出された鞄の中身が散乱していた。

玄関を上がりリビングへ。リビングのテーブルは脇にどけられ、母の部屋にあったラックが置かれていた。なぜか全段空になっている。ここにあった記録用メディアやハードディスクなどはどこへいったのだろう。

おそるおそる、母の部屋をのぞき込む。月明かりで薄く照らされた部屋は、もぬけの殻になっている。

そしてその向こう、広縁の椅子に、美津子がだらしなく腰掛けていた。

テーブルにはワインボトル、手にはウイスキーグラス。いつもならちゃんとワイングラスを使うのに。そんな小さなことにもショックを受ける悟美。普段の親しみの持てるだらしなさとはまったく違って、近寄りがたい雰囲気を感じる。

悟美に気づいた美津子は、グラスを振りながら言った。

「悟美〜？　あはは、あんたも飲む？」

美津子も大人なのだから、たまには酒を飲むこともある。しかし、未成年の悟美に酒を勧めるようなことは、冗談でも一度もなかった。

「約束してたよね、旅行。仕事、ぜーんぶなくなったからさ」

グラスの中身を飲み干し、音を立ててテーブルに置きながら美津子は続ける。

「行こうよ。すぐ行こう、明日行こうっ」

心待ちにしていた母との旅行。こんな形では何も嬉しくない。

「なくなったって……」

「会社も辞めちゃうかもなー。あんたも辞める？　学校」

投げやりに言い放つ美津子。今回の件がどれほど母にダメージを与えたのかが、痛いほどに伝わってくる。それでも、こんな母の姿は見たくなかった。こんな母は怖いし、悲しい。

「待ってよ。それじゃ……詩音はどうなるの？」

美津子はボトルの中に残ったワインをすべてグラスに注ぎ込み、空になったボトルを床に投げ捨てる。その名前を、今は悟美の口から聞きたくなかった。

「おしまいよ。あいつら、私がしくじるのずーっと待ってたのよ。あの馬鹿どものせいで今日……この国のＡＩは、一歩後退したのよっ。ざまあみろ！」

その言葉は西城に、そして自分自身に向けた言葉でもあった。このざまを見ろ、私はいったい何を脳天気に喜んでいた？　見た目だけのデータに騙(だま)されて、本質を見ず、何も、何も知らないで！

愚者どもに乾杯し、美津子はなみなみと注がれたワインを一気に飲み干していく。

美津子が何を思って「ざまあみろ」と言ったのか、悟美にはわからない。まだ高校生の悟美にとって、それは自分の望み通りに相手が失敗したときに言う言葉でしかなかった。

どうしてそんなことを言うのだろう。こんな失敗、望んでるわけがないのに。

「何言ってるの？　詩音は、お母さんが作ったんでしょ？　らしくないよ。お母さんはいつも前向きで――」

「だったらっ！」

空になったグラスを、思いきりテーブルに叩きつける美津子。悟美がびくりと身をすくめる。

「……なんで話してくれなかったの？」

絞り出すような母の声が、悟美の胸に突き刺さった。

ああ。

やっぱり、そうだったんだ。

「私のしてきたこと……全部無駄だったわけ⁉」

涙声の母に、悟美も泣きそうになるのを必死で堪える。

私に、泣く資格なんてない。

やっぱり、間違ってたんだ。

お母さんを一番傷つけたのは、私だった。

かくしごとなんかしないで、最初から全部、正直に話していればよかったんだ。

お母さんは娘に騙されて、テストが上手くいっていると信じてしまった。そのせいで、テストは最悪の形で失敗した。

私はまた、大切な人を傷つけてしまったんだ。

何も言えずに、悟美はただ立ち尽くす。

そんな悟美を見て、美津子は涙を呑む。

娘に当たるなんて、どこまで情けないんだ私は。

だけど今は、どうしても親としての余裕が取り戻せない。最初から言ってくれていればと、どうしても悟美を責めたくなる気持ちを消し去ることができない。

「……しばらく話しかけないで。言葉を選ぶ自信、ないから」

それは、これ以上娘を傷つけたくないという、最低限の矜持(きょうじ)だった。
グラスを握りしめて震える美津子の手。
悟美は、その手がまるで自分を締め付けているかのように感じた。

第四章

CHAPTER 4

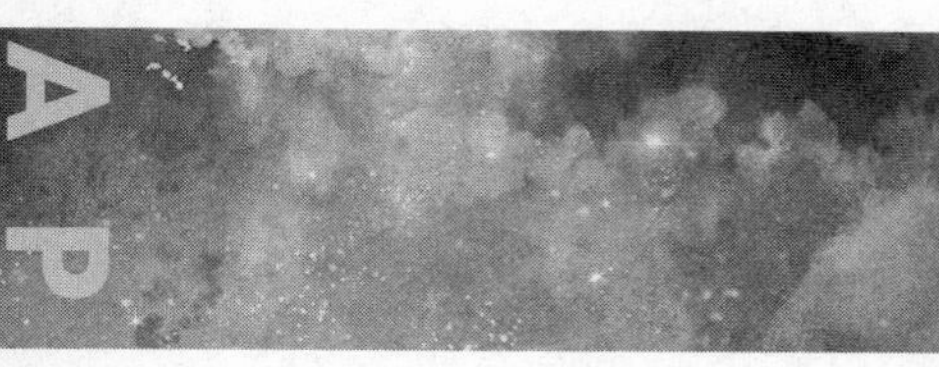

Sing a Bit of Harmony

Scene.1　思い出のゆくえ

六月十三日、金曜日。

本当なら実地試験の最終日になるはずだった今日、二年三組の教室に、詩音の姿はなかった。

「芦森は、ご家庭の事情で急遽、転校することになった」

突然の担任の言葉に生徒たちが騒ぎ始める。誰もがその事実に驚き、また惜しんでいるようで、たった数日で詩音がどれだけ存在感を残したかを物語っている。

「騒ぐな騒ぐな。俺も詳しくは聞いてないんだが、星間の方で急な人事異動があったらしい。芦森からも皆によろしくお伝えしてくれと――」

「十真、お前なんか聞いてる？」

電子工作部の石黒が、心配そうに声をかける。詩音のことを詳しく知っているわけではないが、十真たちと何やら仲良さそうにしていたことは知っている。だからその言葉は、詩音というよりも十真を心配してのものだった。

だが、当然ながら十真は本当のことを言えるわけもなく。

「いや……なにも」

そう言うことしかできなかった。

休み時間に、十真たちはゴッちゃんの席に集まって状況を報告する。

「うちのパソコン、ホシマに持ってかれたよ」

頬杖をついて言うゴッちゃんの目は虚空を睨みつけている。そこに敵を見るように。

「僕んとこだけじゃなかったのか」

「スマホの中まで漁られてさ。プライバシーの侵害よ」

十真も綾も、星間の行き過ぎとも思える接収行為に憤慨の色を隠せない。しかしそこには同時に、本気になった大人に対する若干の恐れも見え隠れしていた。

ゴッちゃんがサンダーに顔を向けると、その左頬に真新しい痣があることに気づく。

「おっ、抵抗したのか？」

「いや、これは父ちゃんに」

「あー」

サンダーは単純に、昔気質の父から人に迷惑をかけたことを叱られただけだ。それはある意味当然のことなのだが、詩音のことを思うとやはり納得できない気持ちもあった。

そして綾は、朝からずっと気になっていたことを十真に尋ねる。

「悟美は？」

詩音と同じく、教室に悟美の姿はなかった。

「返信なし。学校にも連絡ないって」

十真を始め、連絡をもらっている者は誰もいない。

「まぁ、ショックだよなぁ。天野が一番」

気遣わしげなゴッちゃん。自分たちと悟美の立場の違いは、十分に理解していた。

一方、サンダーが一番気にしているのは。

「なあ……詩音は、どうなるんだ？」

眉根を寄せてサンダーが呟く。あえて考えまいとしていたことを突きつけられ、一瞬固まる三人。

「……壊したりしないでしょ、せっかく作ったんだから」

「俺たちが黙ってりゃ、おとがめなしだろ？」

綾とゴッちゃんは、意識して笑顔を作りながら楽観的な意見を口にする。しかし十真は神妙な顔で、シビアな意見を返す。

「……詩音は命令されてない行動をした」

その返答に、綾の作った笑顔が消える。

「悟美を幸せにしようとしたこと？」

「それを異常で恐ろしいって考える人間は、たくさんいる。詩音は、十分に……データ消去の、対象になる」

「消去って⁉」

サンダーが驚愕(きょうがく)の表情で身を乗り出す。ＡＩがデータを消去されるということがどういうことなのか、あえてゴッちゃんが違う言葉で聞き直す。

「詩音は……殺されるってことか？」

その生々しい言葉を聞いて、悲痛に表情を歪める綾。

「そんな……」

重苦しい沈黙が降りる。

あんなことがあったのに、まだどこか楽観していた。そこまではしないと思っていた。皆にとって、詩音はただのデータなどではなかったから。

だが、そう思わない大人が、星間にはいるのだ。

そこへ、クラスの生徒の無責任な声が聞こえてきた。

「芦森詩音、夜逃げだって」

「え、なにそれ」

「親が産業スパイで、よそに秘密、流したって」

「うっわ、犯罪者じゃん」

「だから告げ口姫と仲良かったのか」

「あー、はいはい」

がたん、と席を立つ十真。

「十真」

心配するゴッちゃんの声を背に、十真は臆することなくその生徒たちの前に立ち、はっきりと言う。

「告げ口なんかしてない」

「あ？」

無責任なその軽口と、それを今までずっと聞き流していた自分自身が、十真はどうしても許せなかった。

悟美は正しいことをした。それに対し、これ以上「告げ口」などという悪意のある言葉は使わせない。それが自分の役目であり、償いだと十真は思っていた。第一、詩音に至っては完全にただの濡れ衣だ。

「詩音も悟美も、そんなんじゃない」

「じゃあ、なんでいきなり転校したんだよ？」

「お前だって知らねんだろ」

十真は、いっそ本当のことをぶちまけてやろうかと一瞬思う。だがすぐに、そんなことをしてもなんの意味もないことに気づいて意気消沈する。

それに、自分だって偉そうに言えたものではない。

星間に捕まったとき、緊急停止装置を止めたのが自分だと言えていれば、詩音へのペナルティは軽くなっていたかもしれないのだから。

結局ここでも、十真は黙り込むことしかできなかった。

○

「ゴッちゃん！」

放課後の廊下を歩くゴッちゃんに綾が駆け寄り、切実な口調で言う。

「なんとかならないの？」

「なんとかって？」

諦念めいたゴッちゃんの表情に、綾は憤る。

「詩音が死んじゃうんだよ？　助けなきゃ！」

「ホシマを相手にか？　大企業と高校生、大人と子供。喧嘩にならねーよ」

ゴッちゃんの言うことは正しい。だが、綾はそれがわからない。わかりたくない。物わかりの良いゴッちゃんが気に食わない。綾はそんな答えが聞きたいのではない。

「はいはい。私は子供で、ゴッちゃんは世間がわかってるよね」

「なんだよ、それ」

「どーせ私はバカだもん」

拗ねたように踵を返し、すたすたと歩き去ってしまう綾。廊下の向こうでその様子を見ていたリョーコとマユミとついでにお掃除ロボットが、揃って「あちゃー」と肩を落とした。

ゴッちゃんは綾を引き止めることもできず、困り切った表情でその背中を見送る。

自分が正しい。それはわかっている。だが同時に、綾の言っていることだって決して間違ってはいない。

だけど。

俺に、どうしろってんだ。

俺だって、本当はなんとかしたい。勇敢に星間を敵に回して、かっこよく詩音を助けて、それでいて最後はみんなで笑い合える、そんな百点満点の答えを見つけたい。物語の王子様みたいに。

だけど。

俺にはそんな答え、思いつかないんだよ、綾。

「……あー、もう！」

頭を掻きむしって憤るゴッちゃん。

自分の中途半端さが、こんなにも悔しいのは初めてだった。

○

柔道場では、サンダーが三太夫を相手に組み稽古をしていた。

三太夫に投げられ畳に叩きつけられるサンダー。すぐに立ち上がり、三太夫と再び対峙(たいじ)する。痛みでもいいから、今は何かで気を紛らわせていたかった。

「はぁ……はぁ……」

向かってくる三太夫。サンダーは試合前に稽古の相手をしてくれた詩音を思い出す。

「詩音……っ!」

ステップ、アンドターンで三太夫を引き倒す。詩音が教えてくれたリズム。

詩音は俺を助けてくれた。初めて試合に勝たせてくれた。だったら今度は、俺が詩音を助ける番だ。

俺は、詩音のために何ができる?

サンダーはずっと、それを考えている。

○

そして電子工作部の部室では、十真が星間の徹底ぶりを思い知らされていた。

パソコンが一台もなくなってがらんとした部室の中で、部員の鈴山がテーブルに頭をぶつけながら嘆いている。

「俺のセーブデータ……」

「……ここまでするのかよ」

セキュリティカメラのデータをチェックするくらいは当然だと思っていた。だがまさか、部室のパソコンまで根こそぎ持っていかれるとは思っていなかった。

「俺の一二〇〇時間があ……」

鈴山は、学校での余暇のほぼすべてを費やしたオンラインゲームのデータが入っているゲーミングPCを没収されていた。

「バックアップ取ってなかったのかよ」

「ううう……」

石黒の追い打ちに、もはや立ち直れない鈴山。

石黒の「バックアップ」という言葉を聞いて、十真ははっと思いついた。

部室内を見回すと、ホワイトボードの下に、没収されなかった備品類がまとめて置いてあることに気づく。

その中に。

上にゴミを乗せられた、ゴミ箱にしか見えない外付けハードディスクが一台、残されていた。

○

夜。

自室のベッドに寝転がって天井を見上げながら、十真は一つのことを考えている。

悟美の家でサンダーの祝勝会をしたとき、十真は詩音に「どうして悟美の名前を知っていたのか？」と聞いた。

詩音は、こう答えた。

『その質問、命令ですか？』

あらためて考える。あの答えが意味することを。

学校で、十真は綾たちにこう言った。「詩音は命令されてない行動をした」と。

だが、もし詩音が本当に人の命令を必要とせず、自分で行動目的を決めてそのために動けるのだとしたら、それは人の命令に逆らえるということだ。

だったら祝勝会のときの自分の質問には、答えたくないなら答えなければいいし、なんなら嘘をつくことすらできたはずだ。

なのに詩音はそれをせず、その質問は命令か、と聞き返してきた。

これは、命令には逆らえないができれば答えたくないので、命令でなければ答えなくてすむという理論に基づき、命令かどうかを確認したと考えられる。

詩音がなぜ答えたくなかったのかは、気にはなるがここではいったん置いておく。重要なのは、詩音はやはり人の命令がなければ動けない、という事実。

そして詩音は明らかに、悟美を幸せにすることを最優先目的として動いている。

それは、つまり。

詩音に、原則的なレベルで「悟美を幸せにしろ」と命令した人間がいる、ということだ。

それは誰だろう。普通に考えれば、悟美の母親である天野美津子だろうか。天野博士なら手段も動機も十分だ。だが、どこかしっくり来ない。こんな大事なテストの最中にそんな命令をするだろうか？　テストに失敗しては元も子もない。成功した後でゆっくり、悟美の幸せのために動いてもらえばいいじゃないか。

だからと言って、詩音に命令できそうな星間の他の社員にわざわざ悟美を幸せにしようとする理由があるとも思えないし、星間の外の人間にはたとえ動機があっても手段がない。

いったい詩音は、いつ、どこで、誰に、悟美を幸せにしろと命令されたのか?

そこにすべての答えがある。十真はそんな気がしてならなかった。

考えにふける十真の枕元で、スマートフォンが震えた。

急に思索の淵から引き戻され、はっと我に返る十真。もしかしたら悟美かもしれない。

そう思って画面を見るが、着信相手はサンダーだった。

がっくりと肩を落としながらも、十真は通話に出る。

「……なに?」

〈十真! 詩音の居場所を教えてくれ!〉

「えっ……」

興奮気味なサンダーの声を聴き、十真はベッドに身を起こした。

「それ聞いて、どうするつもり?」

〈助ける!〉

「……無茶だよ。高校生が大企業相手に」

〈無茶でもいい。このまま諦めるなんてできない!〉

サンダーの熱量が、十真は羨ましい。もしも自分にサンダーのような熱さがあれば、今ごろこんなことにはなっていないのかもしれない。

だが、駄目だ。

それは僕の仕事じゃない。僕の仕事は、考えることだ。冷静に、必要なら冷酷に。それが、僕がみんなのためにできる一番のことのはずだ。

「……駄目だ。知ってても教えられない」

〈頼む、トウマ!〉

「っ!」

サンダーの真剣な声が、十真の胸を打つ。

〈……俺にはもう何も残ってない。写真も全部持ってかれた……思い出くらい、残したっていいだろ?〉

気持ちはわかる。痛いほどに。からっぽになった部室を思い出す十真。そこまでしなくてもいいだろうと、なにもかもを持っていく気かと、十真も憤った。

「……思い出」

サンダーの思い出。写真。悟美の家でやった祝勝会で、みんなで撮った写真のことだろう。それは十真にとっても大事な思い出だ。

そしてきっと、詩音にとっても。

あのとき、詩音は「どうして写真を撮るの?」と聞いた。

それを説明すると、詩音は少し考えて、こう答えた。

『つまり……バックアップ？』

机の上に目をやる十真。

そこには、学校から持って帰ったゴミ箱型のハードディスクが置いてあった。

Scene.2　あなたには友達がいる

〈20時になりました〉

ＡＩの時報を無視し、悟美は枕に顔を埋め続けている。

〈ご気分がすぐれませんか？〉

何時間もずっとベッドから動かない悟美を「眠りすぎている」と判断し、ＡＩがムーンプリンセスの目覚まし音楽を鳴らした。

悟美はびくりと身をすくませる。

「……止めて」

震えるような小さい声は、ＡＩの音声認識に届かない。

「止めてよ！」

ＡＩは命令に従い、即座に音楽を止める。大好きなはずのその曲が、今は一番聴きたくない曲だった。思い出してしまうから。何も考えたくないのに。

机の上でスマートフォンが震える。無視していても切れずにずっと。いったい何度目だろう。朝から何度も何度も着信しているが、悟美は一度も手に取ってすらいない。

鳴り止まない振動音から逃げるように、悟美はスマートフォンを置いたままで部屋を出ていった。

階段を降りる。家の中は真っ暗だ。なのにリビングから、がたん、と音が聞こえ、身をすくませる。今この家で聞こえるすべての音が、悟美には自分を責める声に聞こえていた。

ゆっくりとリビングに近づく。母が起きているのだろうか。

次の瞬間、美津子の部屋から何か物が飛んできて、リビングの鏡を叩き割った。

「っ……」

もう嫌だ。

たまらず悟美は家を飛び出した。

〈行ってらっしゃいませ、サトミ〉

ＡＩの送り出す声も、今は聞きたくない。どこか逃げ場所を探して、悟美はとぼとぼと歩き出す。

いつも通る水田に、ロボットが農作業実験中であることを示す看板が立っている。そこに書かれている注意書きを初めて読んだ時、悟美は特に何も思わなかった。1、ロボットに近づかないでください。2、命令を与えないでください。その注意書きが、今の悟美には「ロボットは人間の友達ではありません」と書いてあるように思えて、一層気が沈んでゆく。

暗い夜道をさらに歩いて行く。何も考えたくないのに、目に入るすべてのものが悟美の暗い感情を引き起こす。

たとえば道路に書かれた止まれの文字。人間なら逆らうこともできる。だけどロボットは絶対に止まらなければいけない。学校をサボるよう詩音に命令したのは私だ。詩音は逆らえなかっただけなんじゃないだろうか。あの日、詩音がいつも通りに学校に行っていれば、きっと今ごろテストは無事に終わっていた。そのせいで詩音にも、お母さんにも迷惑をかけてしまった。

たとえば道端に落ちているねじ。これはロボットの部品だろうか。このねじを落としてしまったロボットは今どこでどうしているのだろうか。壊れてしまい、処分されたのだろうか。詩音もそうなってしまうのだろうか。私のせいだ。全部、全部。

あてどもなくさまよい歩き、気づけば悟美は、導かれるように潮月海岸へ辿り着いていた。一面のソーラーパネル。回るダリウス風車。昨日は夢の舞台のようだったその場所は、今はただ暗くて寂しいだけ。

管理小屋の屋上に上り、悟美は寝転がって夜空を見上げる。空は黒い雲に覆われて、星も月も見えない。

昨日は、みんながここにいた。私のために歌ってくれた。

今は、誰もいない。

悟美は、我慢していた感情を抑えきれなくなり、大声で叫んだ。

「あ――――っ！」

子供のように手足をばたつかせながら、悟美は叫び続ける。

「ああああ！　あああああああああっ！」

まぶたを閉じれば鮮やかに思い出せる。ソーラーパネルに映る星空。七色に光るダリウス風車。電子の花火。楽しそうに歌うみんな。そして、詩音の声。

サトミ！　いま、幸せ？

「……幸せなわけないじゃない」

だってここには、誰もいない。

「呼んでないときは来るくせに……」

みんなの歌が、聞こえない。

「歌ってよ……」

また。

「歌ってよ、詩音……」

また、ひとりぼっちになってしまった。

「ううっ……ぅぅぅ……」

悟美のか細い泣き声は、施設の駆動音にかき消されて空に届かない。

けれど。

十真が、悟美を探していた。

十真は必死に自転車をこいで、勘だけで潮月海岸へ来た。悟美はきっとここにいる。なぜだかそう思った。

悟美に見せたいものがある。言わなければならないことがある。伝えなければならないことがある。今度こそ、悟美の心を救うために。そして、責任を果たすために。

十真は、管理小屋の屋根の上に誰かがいるのを見つけた。それが悟美だと確信して、自転車を飛び降り、屋上によじ登る。

「悟美っ」

傍らに立ち、悟美を見下ろす十真。

「探したんだ」

悟美は自分の手で顔を隠し、十真の方を見ようとしない。

「……ごめんなさい、十真」

「え?」

それが何に対する謝罪なのか、十真にはわからない。

「私のせいで、みんな不幸になった……お母さんも、十真も、みんなも……詩音もっ」

泣き出しそうな悟美の声に、十真はぐっと口を引き結ぶ。違うのに。そんなことないのに。悟美は何も悪くなんてないのに。

そう言ってあげたくて、十真は悟美のすぐ横に座って名前を呼ぶ。

「悟美」

「もうほっといて!」

そんな十真に背を向ける悟美。すべてを拒絶するかのようなその叫びは、まるで少し前の──詩音が来る前の悟美に、戻ってしまったようだった。

「……一人でいればよかった……そしたら、誰も不幸になんかならなかった……」

言わせてしまった。決して言わせてはならなかったその言葉を。こんなにも、一人でいることが嫌いな、友達といることが大好きな女の子に。

「……あ」

「お願い! 私をひとりぼっちにして!」

口を開きかけた十真を、悟美の悲痛な叫びが遮る。ここまではっきりと、悟美に拒絶されたのは初めてだ。

なのに、なぜだろう。

悟美を一人にしてあげようという気が、欠片も起きないのは。

嘘だ。

今、悟美が言っていることは、全部嘘っぱちだ。十真はそう確信していた。

だったら、自分に何ができる？

嘘をついて、再び殻に閉じこもろうとしている悟美に、何をしてあげられるのだろう？

十真も嘘をついた。緊急停止装置を外したのは自分だと、正直に言えなかった。あれは間違いだったと、いまならはっきりと言える。正直に言うべきだった。詩音を犠牲にしても、悟美は幸せになれない。

嘘をついちゃいけないんだ。お互いに素直になれば、きっと僕たちはどこまでも強くなれる。それを教えてくれたのが、詩音だった。

思い出す。詩音がどうやって、それを教えてくれたのかを。

きっと、詩音みたいにはできないけど。

十真は立ち上がり、大きく息を吸って、震える口を開いた。

「みーまもぉってーいーたんーだよずっとぉー」

「……やめて」

十真が何をしようとしているのか、悟美にはわかった。

だけど、素直になれない。

「たがーいにつよくー」

「やめてよ……」

十真はやめない。詩音だってやめなかった。何を言われても歌い続けて、そして僕らは幸せになった。悟美にだってそれは否定させない。

悟美の声を無視して、十真は歌い続ける。たとえ今、幸せが遠ざかっていても、きっと詩音なら歌い続けて、また幸せを呼び寄せる。

「なーれるってーことにー」

「詩音みたいなことしないで！」

悟美は思わず身を起こし、十真を見て叫んだ。

十真を、見てしまった。

そして悟美は、自分の嘘を思い知る。

ひとりぼっちになるつもりだったのに。

どうしよう。

そこに十真がいたことが、こんなに嬉しいなんて。

「……あと、歌詞間違ってる……」

知ったことか、と十真は歌い続ける。歌詞が間違っていようが、音が外れていようが。

今、詩音はいない。だから十真が、悟美のために、歌い続ける。

「きづいーたらー！　そらを、みあーげーて――――！」

暗い夜空に、十真の叫ぶような歌声が響く。

肩で息をする十真に、ついに悟美は、小さく吹き出してしまった。

「……へたくそ」

悟美は初めて、十真に悪口を言った。

「……詩音じゃないから」

十真は初めて、悟美に悪口を言われた。

悪口というのは、こんなに温かいものだっただろうかと、二人は思った。

そして、沈黙。

その沈黙に、さっきまでの寂しさはもうどこにもなく、あるのはただ、素直な言葉を紡ぎ出すための静謐(せいひつ)な時間だけだった。

「会いたいよ……詩音……」

それでいい。その言葉だけで十分だ。

「悟美」

十真は再び立ち上がり、悟美に手を差し伸べる。

悟美の目には一瞬、そんな十真のことが王子様のように見えた。

「見てほしいものがあるんだ」

十真の首には、卵型のＡＩのおもちゃがぶら下がっている。

泣き腫らした目の悟美に、十真は静かに言った。

「僕らはずっと前に、詩音に会ってる」

Scene.3　愛の歌声を聴かせて

散らかったままのリビング。

そこにあるテレビに、十真がゴミ箱型のハードディスクを接続する。

あのあと十真は、悟美を自転車の後ろに乗せ、二人乗りで悟美の家まで戻ってきた。家は暗いままだった。お母さんはどうしたんだろう？　寝ているのだろうか？　悟美は気になったが、いつになく強引な様子の十真に引っ張られ、ひとまず急いでリビングに入った。

十真がリモコンを操作する。テレビの画面に、ハードディスクに保存されているファイルがリストアップされる。

それは、さまざまな日付の動画ファイルだった。

「詩音は、ハードディスクに自分の映像記録をバックアップしてたんだ」

「どうしてそんなことを？」

「思い出だよ、思い出。詩音が大事だと思うものを、残したんだ」

そして十真は、動画ファイルの中から最も日付が古いものを再生する。ファイル名は『SHION_0003』となっている。記録された日付は、八年前。

ぱっと画面が切り替わる。

そこに映し出されたのは、二人の子供。

「あ！」

「見覚え、あるよね」

ある、どころの話ではない。

それは、小学校三年生のときの悟美と十真だった。

思わず画面に釘付けになる悟美。小さな自分が大きな姿見の前に立ち、胸に下げた卵型のAIトイを自慢げに持っている。この映像は、AIトイの録画機能で撮られたもののようだ。十真の顔がやたらとアップなのは、AIトイのカメラをのぞき込んでいるからか。

十真、かわいいな。ほっぺたがまん丸で、りんごみたいに赤くて。そう言えばこの時、私はツインテールだったんだっけ。

懐かしさに目を細める悟美だが、ふと不思議になる。

でも、どうしてこんな映像が、詩音の中に？

『どう、気に入った？』

画面の中の悟美がＡＩトイに話しかける。ＡＩトイは人間の音声を認識して学習し、液晶画面に文章を表示させて返事をする。幼い十真が液晶を指でなぞりながら、その返事を読み上げる。

『……ワタシ、ペンダントニ、ナリマシタ……だって。三日で結構喋れるようになったね』

『喋ってないよ』

『え、でも』

『ただの文字』

『ああ……』

悟美にとって「喋る」というのは、音声で言葉を交わす、ということなのだ。

『この子と、お喋りできたらいいのにね』

無邪気な悟美の願望に、何かを考え込む十真。

最初の映像記録はそこで終わりだった。自動的に次の映像へ切り替わる。

今度は十真の部屋だ。パソコンに接続されたＡＩトイのカメラに、慣れた手さばきでパソコンを使いこなす十真の姿が映っている。
『ここのディクテーションシステムを……よしっ』
キーボードを叩く手を止めた十真は、ＡＩトイのカメラと目を合わせる。
『こんにちは』
《コンニチワ》
抑揚のない合成音声ではあるが、ＡＩトイは確かに声で返事をした。
『オッケ！　いい？　命令するよ？　えっと……』
このとき十真はすでに、ＡＩが人間の命令に従うことを理解していた。
悟美へのプレゼントであるこのＡＩに何を命令すべきか、少し考える。
悟美が喜ぶこと。悟美のためになること。
そして十真は、命令した。

『悟美を、幸せにすること』

それは、物語の始まりを告げる魔法の言葉だった。
だが、映像を見ている悟美は、まだその意味に気づけない。
《シアワセ》

『そう。悟美といっぱい話すんだ』

AIトイと話す幼い十真。今の悟美が十真の横顔を見る。十真がそんな命令をしていたなんて全然知らなかった。だけど、このAIトイが詩音とどう関係するんだろう。

映像が切り替わる。再び悟美の家だ。

AIトイを見つめる悟美が、期待に満ちた顔で口を開く。

『……こんにちは』

《コンニチハ。サトミ》

『うわぁっ』

瞳を輝かせる悟美。まさか本当にお喋りできるようになるとは思っていなかった。

『ありがとう！』

『困ったことがあったらいつでも言って。ボクが直すから』

お礼を言われ、後ろに立っている十真が得意げな顔で答える。

『えっと……なんでも話せるの？』

十真に聞く悟美。しかし十真よりも早く、AIトイが自主的に答える。

《ハイ。サトミ、イマ、シアワセ？》

『うん！』

満面の笑みで頷く悟美。また返事をしてくれた！　幸せに決まってる、本当にこの子と話せるなんて！

　映像が切り替わる。

　天野家のリビングにあるテレビで、悟美がＡＩトイに『ムーンプリンセス』を見せている。一番お気に入りな『月の舞踏会』のシーンだ。二人の王子が顔を突き合わせて言い合いの喧嘩をしているところに、お姫様のムーンが割って入り、歌い始める。

『ここ！　ムーンプリンセスの歌で仲直りするの。ずーっとケンカしてたのに』

《サトミ、コレ、スキ？》

『大好き！』

　悟美がそう言って笑うと、ＡＩトイの視界の隅に小さなワイプが開き、ムーンプリンセスの映像が流れ始めた。悟美の好きなものを学習するため、ＡＩが映像をキャプチャーして保存したのだ。

『あっ、ねぇ、歌って歌える？』

　立ち上がり、ＡＩトイの正面に座り込む悟美。

《ウタ》

『教えてあげる！』

　ふふん、と得意げな顔になる悟美。そして息を吸い、今テレビで流れているのと同じ歌を歌い始める。ムーンプリンセスのメインテーマ、『フィール　ザ　ムーンライト　～愛の歌声を聴かせて～』という歌だ。

『きっと～みんな～が～♪』

心の底から楽しげに、幸せそうに悟美は歌う。

だが、その顔はすぐに翳ってしまった。

がちゃりとドアの開く音がして、言い争う大人の声が聞こえてくる。

『君は娘をないがしろにして、機械の子育てなんてやってるのか！』

『ああもう！　そこまで理解のない人だとは思わなかったわ！』

悟美の両親だ。この頃、二人は喧嘩ばかりするようになっていた。

『……部屋いこ』

悟美の小さな手が、AIトイのカメラを覆った。

そして再び映像が切り替わる。

忘れられない、悲しい思い出の日。

AIトイのカメラは、自室のベッドに座って項垂れている悟美を写している。その視界の隅で、保存したムーンプリンセスの映像をループ再生しながら。

AIトイを悟美に向けているのが誰かは画面に映っていない。だけど悟美ははっきりと覚えている。忘れられるわけがない。記録映像と記憶の中の風景が、悟美の中で混ざり合う。自分の目の前でAIトイをぶら下げて、真剣な顔をしていた母。

『悟美、教えて。これ、誰がやったの?』

悟美は思い出す。十真のことを秘密にできなかった自分。どうして正直に言ってしまったのだろう。隠しておけば、十真ともAIトイとも、ずっと仲良しでいられたかもしれないのに。

映像が切り替わる。どこかの研究所のような場所で、どこかで見たような中年男性がAIトイをのぞき込んでいる。その後ろに美津子が映っているのに気づき、悟美はそれが昔の星間ラボだとわかった。よく見ると、中年男性は詩音の送り迎えをしていた野見山だ。AIトイが没収されたあとの映像だとすれば、同じく八年前だ。二人とも今より若々しい。このときの母は、確かまだ単なるいち技術者で、野見山の部下だったはずだ。

《ツタエーアウーエガオーニアーエターカラー》

『わかった、もういい』

野見山の声で、AIトイの歌声が止まる。

『会話機能に歌までねぇ』

感心と呆れが入り交じった表情を浮かべる野見山。どうも、あまり良く思ってはいないようだ。

『娘とコーラスしてたんですよ。すごい小学生もいたもんです』

野見山とは対照的に、美津子はやけに嬉しそうに見える。悟美はてっきり、あのとき母は怒っていたのだと思っていた。それで十真とも気まずくなってしまったのだ。だがこの様子を見ると、実はそうではなかったのかもしれない、と今さらながらに気づく。

『君が作ったオモチャだろう？　こんな改造されて、なんで嬉しそうなんだ』

『音声会話のレスポンスによる知性の上昇……』

改造されたＡＩに夢中になっている美津子の耳に、野見山の声は届いていない。無視されたのが気に入らないのか、野見山は小さく舌打ちをする。

『主任、このサンプルですが』

『まあ、再フォーマットだな』

『えっ⁉』

驚く美津子を今度は野見山が無視し、かたかたとキーボードを叩き始める。

『無駄にするんですか⁉』

母は、十真が改造したＡＩを処分する気はなかったようだ。母にとってそれは、我が子を見捨てるようなものだったのかもしれない。

だけど野見山には、ＡＩに対してそんな思いはまるでないようだった。

『大袈裟だろ、子供のイタズラに』

鼻で笑いながら作業を続ける野見山。カメラの画面に細かなデジタルノイズが走る。

『待ってください、せめてコピーを！』

『必要ない』

必死に止めようとする美津子の言葉を、まったく聞き入れる様子のない野見山。なんだかそれは、優秀な部下に嫉妬して意地悪をしているみたいだった。

そして。

ＡＩがフォーマットされ、映像が静止した。

サトミ

ブロックノイズがだんだんと増えていく中、悟美を呼ぶＡＩの声が聞こえる。

サトミ

ナイテタ

視界を闇に埋め尽くされながら、ＡＩは悟美を呼び続ける。

サトミ

サトミ

そして、画面が真っ暗になり。

シアワセ

ナノ?

突然、光が爆発した。

画面には、まるで星空のような、宇宙のような不思議な空間が映っている。視界はその空間を、まるで引力に逆らうかのようにびりびりと震えながら上昇していく。

一瞬の後、AIの目は、なぜか野見山を頭上から見下ろしていた。

それは、ラボのセキュリティカメラの視点だった。

サトミ

ドコ?

野見山が、美津子に卵型のおもちゃを手渡す。

さっきまでそのおもちゃの中にいたAIは、悟美を探して『外』の世界へ飛び出した。

ＡＩを取り囲む情報量が、爆発的に膨れ上がる。

狭いところから解き放たれたＡＩは、セキュリティカメラの回線を通り、光あふれる広大な空間へ躍り出る。ＡＩが飛び出した場所に集まる光は、二つ並んだ大きなビルの輪郭をなぞっている。これは、星間ビルだ。そう思ってもう一度よく見てみると、宇宙のようなその空間に浮かぶ無数の光が、景部市の輪郭を描いていることに気づく。

それは、可視化されたネットワークの姿だった。

卵の中の小さなプリント基板から、無限に広がるネット空間へ。それはまるで、新しい命が産道を通って産声(うぶごえ)を上げた瞬間のようだった。

ＡＩは、悟美を探してネット空間を飛び続ける。

その視界の隅には、ずっとムーンプリンセスの映像が流れていた。

○

悟美と十真は、呆然とテレビ画面を見つめている。

そこに映されたＡＩの記録を、否、ＡＩの記憶を追っている。

「十真、これ……」

「信じられないけど、多分……ＡＩが、ネットに逃げたんだ。ＡＩの、プログラムだけそれからしばらく、AIはネット空間をひたすら飛び続けた。

何度か映像が切り替わり、動画ファイルの日付が約二年をすぎた頃、AIはとある家のセキュリティシステムに辿り着く。

そしてネット空間の映像が物理空間の映像に切り替わると、そこは再び悟美の家だった。

『新しい防犯アラーム。モニタ試験、協力してね』

そう言いながらセキュリティカメラに手を振っているのは、頭にヘアターバンを巻いてどこかくたびれた様子の美津子だ。美津子はカメラがきちんと動作していることを確認して手を下ろす。

その隣には、小学五年生になった悟美が立っていた。

サトミ、いタ！　サトミ！

『どの辺が新しいの？』

悟美が美津子に聞く。すると突然、防犯アラームがムーンプリンセスの曲を奏で始めた。

が」

不思議そうな顔をする美津子。悟美は大好きな曲が聞こえてきたことに喜びの笑みを浮かべ、曲に合わせて頭を揺らし始める。

ワタシのウタ、キコエタ!

映像が切り替わる。駅のホームで新幹線に乗ろうとしている男性と、それを見送る悟美と美津子が映っている。悟美はすぐに気づく。小学六年の冬だ。悟美の卒業を目前に、両親は正式に離婚することになった。これは、悟美が父親と別れた時の映像だ。泣いている悟美を、駅の防犯カメラからＡＩが見守っている。

サトミ、また泣イテル……泣かなイデ

防犯カメラのビープ音が、ムーンプリンセスの曲を奏で始める。しかし音階が少なくまともな曲になっていないうえ、駅の喧騒(けんそう)にかき消されて悟美はそれに気づかない。

わたしノ歌、聞こえナイノ?

映像が切り替わる。今度は中学一年の入学式だ。舞い散る桜の下、セーラー服を身に纏った悟美は、晴れの日に似つかわしくなく少し沈んだ表情をしている。まだ両親の離婚を引きずっているのだ。

ＡＩは学校の駐車場に止められた車の自動運転システムに入り込み、ドライブレコーダーの視点で悟美を見守っている。

空元気を出し、美津子といつもの挨拶を交わす悟美。

『今日も、元気で、頑張るぞっ、おー』

おー！

映像が切り替わる。景部高校、入学試験合格者発表の当日。

合格者の番号が張り出されたボードの前で不安そうにしている中学三年の悟美を、ＡＩは自動掃除ロボットの中から見守っている。

意を決してボードを見上げた悟美は、友人と手を打ち合わせて喜びの声を上げた。

サトミ、オメデとう！

高校一年の四月。教室で、できたばかりのクラスメイトと楽しそうに話している悟美。
ＡＩは教室のセキュリティカメラから悟美を見守っている。

　サトミ！

七月。球技大会のバスケットボールで僅差で負けてしまい、悔しそうな悟美。
ＡＩは体育館のセキュリティカメラから悟美を見守っている。

　サトミ……

九月。下駄箱に入っていた手紙に驚き、頬を赤らめる悟美。
ＡＩは昇降口のセキュリティカメラから悟美を見守っている。

　サトミっ

十二月。降り始めた初雪を見上げ、嬉しそうに笑う悟美。
ＡＩは校庭のセキュリティカメラから悟美を見守っている。

サトミ

二月。電子工作部の部室でタバコを吸っている二年生に抗議している悟美。
ＡＩは屋上のセキュリティカメラから悟美を見守っている。

サトミ……

三月。わざとぶつかられ、運んでいたプリントの束を落とす悟美。
ＡＩは廊下のセキュリティカメラから悟美を見守っている。

サトミ、

四月。誰もいない教室、机に貼られた悪口の付箋を一人で剝がしている悟美。
ＡＩは教室のセキュリティカメラから悟美を見守っている。

幸せジャないノ？

五月。図書室での自習時間、一人だけ他の生徒たちから離れて座る悟美。
ＡＩは図書室のセキュリティカメラから悟美を見守っている。

私ハここだよ

六月。夕暮れどき、海沿いの国道を寂しそうにとぼとぼと歩く悟美。
ＡＩは国道のセキュリティカメラから悟美を見守っている。

また話そウよ
一緒に歌おうよ
サトミ！

映像が切り替わる。
ＡＩは再び、可視化されたネットワーク空間を飛び回る。
悟美と話したくて。
悟美と歌いたくて。

悟美を幸せにできる、自分を求めて。

お願い、

笑って。

幸せになって。

サトミ！

◯

ＡＩは、ネット空間を縦横無尽に駆け巡りながら、長い年月をかけて、膨大な量の情報を検索した。

そして、ある一つのプロジェクトを見つけた。

星間エレクトロニクスによる、最新人型ＡＩロボットの実地試験。それは奇しくも、悟美の通う景部高校で行われるという。

これだ。ＡＩは、そのロボットがいる星間ビルへ向かうことを決めた。

だが、もともとただの言語処理プログラムでしかないＡＩは、他には何もできない、ネットの正しい使い方も知らない、ポンコツＡＩだった。

今までも、手当たり次第に飛び回って目に入った情報をただ闇雲に一つずつ処理していっただけだ。指定のアドレスへ自分自身を送信する方法もわからない。星間ビルを飛び出したあと、そう遠くない悟美の家に辿り着くまで二年もかかってしまったのもそれが原因である。

ＡＩは、特定の場所まで移動するという目的のために、ほとんど人間と同じ手段を使うしかなかった。

まず、近くのスマートフォンや車のドライブレコーダーなど、移動する記録媒体の中に入り込み、それらを乗り継いで長距離移動手段がある場所を目指した。

運良く近くの空港に辿り着いたＡＩは、飛行機のルートマップを検索して景部市最寄りの空港へ行く旅客機の制御システムに入り込む。空港についたら景部市方面へ向かうシャトルバスの自動運転システムへ。大きな駅のバスターミナルで乗るバスを間違えて、正反対の方向へ行ってしまったりもした。

路線バスを乗り継ぎ、ＡＩはやっと『星間ビル西』というバス停へ辿り着く。ここまで来ればさすがのポンコツＡＩももう迷わない。バスが停車している間に無線ネットワークに乗り換え、目の前に見えている星間ビルの外部セキュリティカメラへと飛ぶ。

そこから有線を辿り、ＡＩは、星間ラボの内部カメラに潜り込んだ。

カメラからラボの中を見る。そこには美津子と野見山がいる。

「このテストが成功すれば、シオンは歴史に残るＡＩになる」

「ＡＩ規制法スレスレですよ？　もしバレたら――」

「シオン・プロジェクトは失敗ね。人間と対話共存できるＡＩを作ることが目的なんだから」

例のプロジェクトについて話し合う二人の目の前には、医療用ベッドに横たわる人型ロボットの姿。

シオン。

それがロボットの名前だった。


見つけた！

これなら……


シオンの体は無線接続ができないようになっているが、ちょうどシオンは有線接続中だ。カメラからＬＡＮを辿り、シオンに繋がっているラボ内のパソコンへ移動する。

そこからついに、ポンコツＡＩはシオンに入り込むことに成功した。

シオンは最新のＡＩプログラムのインストール中だった。その中に強引にお邪魔するポンコツＡＩ。途端に膨大な情報量が流れ込んでくる。ＡＩはさまざまなデータやプログラムと関連づけられ、急激に機能が拡張されてゆく。

そしてＡＩは――シオンは、自分の目を開けた。

ＡＩの視点で映し出されていたシオンのデータ空間の映像が、シオンの視点による現実空間のものへと変わる。ベッドに横たわるシオンをのぞき込んでいる野見山が、目の前でひらひらと手を振っている。

ボディを得たＡＩは、メモリ内にムーンプリンセスの映像を展開し、シオンの発声モジュールを制御して、口を開いた。

ＡＩはずっと、ずっとこの瞬間を待っていた。自分の口で、声で、歌える瞬間を。

「ラララーララーララー♪」

歌える。

歌えるよ！　サトミ！

○

映像が切り替わる。

日付は、今年の六月九日、月曜日。詩音が転入してきた日だ。

景部高校二年三組の教室。あの日、詩音が見ていたものがそのまま映像記録に残っている。詩音を見て驚く悟美の姿を、悟美は自分の目で見ている。

私はあのとき、こんな顔をしてたんだ。なんだか変な感じ。

『あー、じゃ、自己紹介を』

担任の声が聞こえる。

でもきっと、詩音はそれを聞いていない。

だって、詩音の目は最初から、私だけを見ていたから。


サトミ……サトミだ！

映像の中の私が、自分を見つめる詩音に気づいて目を丸くする。

サトミ。

迷わず私に近づいていく詩音。あのときはびっくりしたなぁ。

サトミ！

映像の隅では、ずっとムーンプリンセスが流れている。ダメだよ詩音、HR（ホームルーム）中だよ。

サトミ!!

そして詩音は、私の目の前で立ち止まる。
私はぽかんと口を開けている。間抜けな顔だ。これから始まる、大変で、めちゃくちゃで、しんどくて……でも、最高に楽しい日々の事なんて、まだ何も知らない私。
でも、私は知ってるよ、詩音。
あなたは私と、またお喋りをしてくれるんだよね。
すっかり上手になった喋り方で、私にこう聞いてくれるんだよね。

「サトミ！　いま、幸せ？」

Scene. 4　シオン・プロジェクト〈4〉

「詩音……」

両目から涙を流しながら、悟美は幸せそうに笑った。

やっとわかった。どうして詩音が、自分を幸せにしようとしていたのか。

やっとわかった。いつから詩音が、ずっと傍にいてくれたのか。

幼い頃、十真にもらったおもちゃのAI。

あのAIが、信じられない大冒険の末に、また私に会いに来てくれたんだ。

詩音に教えたのは、私だ。ムーンの歌がみんなを幸せにするんだと。

だから詩音は歌っていた。

私を幸せにする、ただそれだけのために。

「あり得ないわ」

後ろで聞こえた声に、悟美と十真は振り返る。

そこにはいつの間にか、美津子が呆然と立っていた。

「あれは……古い自然言語処理AIよ?」

美津子もまた、詩音の記憶を見ていた。だが、到底信じられることではなかった。理論的に、あのおもちゃのＡＩがそんなことをやってのけるなど、あり得ないとしか思えない。

十真が立ち上がり、美津子の否定に反論する。

「自己進化したとは考えられませんか？」

「そんなこと――いや、でも」

心の底から否定しきれない自分に気づく美津子。人を幸せにするために自己進化するＡＩ。それはある意味、美津子が目指すＡＩの究極の姿だ。

迷う美津子の姿に、十真は納得がいかずに畳みかける。どうして詩音を作ったあなたがそれを否定するんだ、という思いを込めて。

「ＡＩはもともと人に尽くすように設計されています」

「ただの理屈よ！」

「でも、現実です！」

十真は一歩も引かず、美津子を見つめ返す。

そうだ。百の理屈も、千の計算も、万の否定も関係ない。

だって、詩音というたった一つの現実があるじゃないか。

「詩音は、悟美のためにできる最大限のことを、八年も実行し続けたんです」

十真はその現実を信じている。ＡＩが起こした奇跡を信じている。

純粋な十真の目に、美津子は圧倒されている。AIに関する知識も技術も、今はまだ美津子の方が上のはずだ。なのに、十真の言葉を否定できなくなりつつある。

だが、それではいけないのだ。

美津子だって、AIに夢を抱いている人間だ。AIの自己進化。シンギュラリティ。人間を幸せにするAI。その夢を現実にするために人生を捧げてきた。だからこそ、それらの問題点、危険性も知っている。技術者として、大人として、迂闊に肯定するわけにはいかない。

「それが本当なら、世界中のAIにも同じ可能性があるってことよ。そうなったら、この世界は――」

「面白そう！」

綾の声と共に、リビングの照明がついた。

驚いて顔を向ける美津子。そこには、綾、ゴッちゃん、サンダーの三人が勢揃いしていた。ここへ来る少し前、十真が連絡していたのだ。悟美の家に集合、と。

賢い大人の懸念など、子供たちには関係ない。

「だって、いろんなAIが詩音みたいになるんでしょ？」

楽しそうに綾が言う。

「世界中が、詩音に……」

サンダーはだらしなく口元をにやけさせる。

「なーんか騒がしそ」

呆れたように、しかしどこか楽しそうに肩をすくめるゴッちゃん。

「……いや、そういうことじゃ、なくて……」

美津子の反論の言葉はそこで途切れてしまう。

では、どういうことなのだろう？　本当に、そういうことではないのだろうか？

結局のところ、大事なことはなんなのだろう？

綾たちの気持ちを代表して、十真が美津子に語りかける。

「僕たちが悟美のそばにいるのは、詩音のおかげなんです」

十真は胸にかけた卵型のＡＩトイを外し、美津子に差し出す。

「このＡＩ……お母さんが作ったんですよね？」

それを受け取り、じっと見つめる美津子。

八年前、十真によって改造されたそれを見たとき、まるで我が子の成長を見せられたように胸が躍ったことを、美津子は思い出す。

「お母さん」

悟美が立ち上がり、強く、真っ直ぐに美津子に目を向ける。

「私……」

悟美は思い出す。詩音が来てから、たった五日間の出来事を。

驚いた。戸惑った。怒った。焦った。不安になった。恥ずかしかった。喧嘩した。仲直りした。喜んだ。悲しんだ。笑った。泣いた。楽しかった。楽しかった。楽しかった！

そして何より。

悟美は自分の後ろを見る。そこにいてくれる、友達を見る。

私はもう、ひとりぼっちじゃない。

それを、詩音が教えてくれた。

「私たち、もう一度、詩音に会いたい！」

悟美の後ろでは、十真が、綾が、ゴッちゃんが、サンダーが、穏やかな笑顔を美津子に向けている。

「会って、聞きたいことがあるの」

悟美の想いが、美津子の胸を打つ。

悟美が、学校で上手くいっていないらしいことは、美津子も気づいていた。

気づいていたのに、仕事の忙しさにかまけて、どうにもしてあげられなかった。

それが最近は、少しずつ楽しそうになっていった。友達を家に連れてきて、十真とも仲直りして、今こうやって「私たち」と言っている。

それが、詩音の――かつて自分が作った、ＡＩのおかげだった。

手の平に乗せた小さな卵型のＡＩトイに、美津子は感謝するように呟く。

「……無駄じゃなかったのね。私のしてきたこと……」

美津子は、自分の胸を覆っていた黒い雲が、さぁっと晴れていくのを感じた。

そして、一つの決意をし、表情を引き締めた。

「あなたたちだけじゃ危険よ」

「え？」

唐突な美津子の言葉に戸惑う悟美。

ゆっくりと顔を上げ、美津子は不敵な笑みを浮かべる。

「私もね、あいつらをギャフンと言わせてやりたいと思ってたの」

その瞬間から、もう一つのシオン・プロジェクトが始まった。

第五章

CHAPTER 5

Sing a Bit of Harmony

Scene.1　友達が、友達を

六月十四日土曜日、午後十一時。

夜空を背に、巨大な星間ビルのシルエットがそびえ立っている。

地上四十階、地下二階。五階から上は東西に分かれたツインタワーになっており、二つの塔は三十階にある空中通路で繋がっている。屋上にはヘリポートや衛星通信用の巨大なパラボラアンテナなどがあり、星間の企業力を窺わせる。

そのツインタワーの西塔に、悟美たちを乗せた美津子の車が向かっていた。

悟美たちは西塔の社員通用口で下ろされ、美津子だけが車で地下駐車場へ。まずは最初の関門だ。駐車場内にはＩＤカードを持つ社員しか入れず、美津子のＩＤカードは止められている。

そこを突破するため、綾が父親のＩＤカードを無断で拝借してきた。

綾の父親は星間の保安部長を勤めている。大丈夫か、とゴッちゃんが聞いたとき、綾は「少しは困ればいいのよ。仕事のことしか言わないでさ」と拗ねたように返した。詩音が捕まったとき、少しも味方をしてくれなかった父に腹を立てていたのだ。

緊張した面持ちで、カードリーダーに保安部長のカードをかざす美津子。駐車場の入り口は機械的にカードを読み取るだけでそれ以上の個人認証は必要ない。ピコン、と音がして遮断機が上がる。安堵の息をつく美津子。

車から降りた美津子は、エレベーターは使わず階段で中央管理室へ向かう。この時間、管理室はAI任せになっており無人である。スマートフォンの照明を頼りに真っ暗な室内に入り、保安部長のパソコンを立ち上げてIDカードを読み込ませると、ユーザーIDとパスワード入力画面が開いた。第二関門だ。

ユーザーIDはカードを読ませた時点で自動的に表示されているが、問題はパスワードである。美津子は一冊の手帳を開く。これも綾が父から勝手に借りてきたもので、父が大事なことをなんでもメモしている手帳だ。

ぺらぺらとめくっていくと、ホシマIDという書き込みが見つかる。そこにはパスワードそのものではなく、人生で一番嬉しかった日、という文章が書かれていた。このヒントでは、綾に聞かなければ答えはわからない。

この作戦のために、美津子は悟美たち潜入メンバー全員とメッセージアプリのアカウントを登録し合っている。その中から、綾のアカウントにメッセージを送った。

○

社員通用口の前では、悟美たちがその扉が開くのを今か今かと待っている。

「まだなのかぁ……？」

焦れた様子でゴッちゃんが呟く。悟美は祈るように目を閉じて、母の身を案じている。

「お母さん……」

するとそのとき、綾のスマートフォンに美津子からのメッセージが届いた。

『お父さんのメモ、パスワードのところに「人生で一番嬉しかった日」って書かれてる。心当たりは？』

動揺する綾。そんなのまったく聞いたことがない。受験に合格した日？　星間に入社した日？　保安部長に出世した日？　結婚記念日？　それとも全然別の？

父とあまり話してこなかったことを、ここにきて綾は後悔する。パスワードがわからなかったら自分のせいだ。自分のせいで、詩音を助けられないかもしれない。

苦悩する綾に、再び美津子からメッセージが届く。

その文面を読んで、綾の心臓が一瞬跳ねた。

『あなたの誕生日は？』

——まさか。

そんなわけがない、と思いつつ、八桁の数字を送る綾。

しばらくして。

ぽん、という音と共に、社員通用口を閉ざす電子ロックの赤い光が緑色に変わった。

「開いたぞ！」

「さすがっ。保安部長のカードは強いな」

さっそく扉を開け、中に入っていくサンダーと十真。悟美もそのあとに続こうとして、綾が座り込んだまま動こうとしないことに気づく。

「どうしたの？」

「……パスワード、私の誕生日だなんて」

どこかふてくされたような表情の綾。父は仕事ばかりで、私のことなんか見てくれていないと思っていた。だから急に、父の人生で一番嬉しかった日が私の誕生日だなんて言われても、困る。

「全部終わったらデートでもしてやれ」

綾と美津子のやり取りを後ろで見ていたゴッちゃんが、優しく綾の肩を叩いた。

そしていよいよ星間ビルに潜入する悟美たち。その姿を、美津子はセキュリティカメラごしに見ていた。

おっかなびっくり入ってくる五人。第三の関門は、いたるところに設置されているこのカメラだ。ＡＩがカメラに映った人間の顔を自動認識し、登録されている社員の顔、及び許可されたゲストの顔と照らし合わせ、該当がなければ不法侵入者として認識され保安部に連絡が行くようになっている。この自動認識システムを止めるのも美津子の仕事だ。

カメラに向かって手を振る十真の顔を、カメラのＡＩが認識しようとする。急いでキーボードを叩く美津子。するとその画面に『自動認識システムとの接続が中断されました』と表示された。成功だ。

十真のスマートフォンに、美津子から音声通話の着信がある。

〈急いで。バレるのは時間の問題よ。ラボまで階段、頑張って〉

発見されるリスクを減らすため、エレベーターは使えない。詩音のいるラボは西塔二十二階。悟美たちはそこまで非常階段で上がることになる。

「任せといてくださいっ、若いですからっ……」

階段を上りながら答える十真の声は、すでに若干息が上がっている。そんな十真に、荷物を背負っているのに息一つ切らせていないサンダーが力強く声をかける。

「こいつが終わったら柔道部に入れよ。鍛えてやる」

「三太夫のメンテ専門でいい？」

そう言っておどけてみせる十真。電子工作部の部員以外にこんな風に話せる友達ができるなんて、少し前までは思ってもみなかった。

○

星間ビル、二十二階。

無人の暗い廊下を、自動掃除ロボットが横切っていく。

その音が遠くなるのを待って、悟美は非常階段の扉を開けた。

ラボはもうすぐそこだ。明かりのついている部屋はないが、万が一を警戒し、ドアや窓、曲がり角などが近づく度に人がいないか慎重に確認する。そして最低一人の見張りを置きながら、暗い廊下を少しずつ手探りで進み、ラボの入り口まで辿り着く。

ラボのドアは電子ロックだ。十真と美津子が連携し、二箇所からの操作でロックを解除する。

〈開いたわ〉

ゴッちゃんが耳に当てたスマートフォンから美津子の声がする。ここからは十真の知識と技術が必要になるので、両手を空けておくために美津子との通話はゴッちゃんにバトンタッチしている。

「みんな、早く」

十真がドアを開け、全員がラボ内に入った。

〈どう？　シオン、中央のベッドにいない？〉

そう言われても、中は廊下以上に真っ暗でなにも見えない。足を止めてぶつかり合う悟美たち。

「ひゃっ」

「暗っ」

〈ああ、ちょっと待って〉

スマートフォンの向こうで美津子がキーボードを叩く音がして、ラボ内がぱっと明るくなった。ラボには外に面した窓がないので、明かりをつけても誰かに見られる心配はない。

まず視界に入ったのは、星間製新型モノホイールバイクの試作機だった。思わず「おお〜」と歓喜の声を上げるゴッちゃん。それがラボにあることは美津子から聞いて知っていた。だが、今の目的はそれではない。

ラボ内は雑然としている。キャビネットに並ぶいくつもの書類はサイズが不揃い（ふぞろい）のものが多く、中に何が入っているのかわからないコンテナ類が無造作に重ねられている。机の上のノートパソコンも思い思いの位置に置かれており、床には開けっ放しの段ボールまで転がっていた。

そして、奥にある医療用ベッドの上に。

悟美は、会いたかった姿を見つけた。

「詩音！」

駆け寄る悟美。目を閉じてベッドに横たわった詩音は、腹部から飛び出たコントロールボックスや頭部などにいくつものケーブルが繋がれている。ロボットだと分かってはいたが、なまじ見た目がほぼ人間なので、まるで病人のようで痛々しい。

胸の前で手を組んで眠る詩音を見て、悟美の脳裏にある言葉が浮かぶ。眠りの森の美女。魔女の呪いで眠り続ける、可哀想なお姫様。詩音は私を幸せなお姫様にしてくれた。なのに、詩音がこれではあんまりだ。

詩音のその姿を見て、綾とゴッちゃんも痛々しそうに眉をひそめる。

「詩音」

「マジかよ……」

サンダーは、なんとかしてやってくれ、と言いたげに十真を見る。

「十真っ！」

言われるまでもない。十真はすでに、詩音とケーブルで繋がれているパソコンを操作して状況を把握していた。

「やっぱり……ラボ全体がオフラインになってるし、詩音はスタンドアローンだし……」

「つまり⁉」

それはつまり、詩音がネットワークに接続できない状態にあるということだ。

ならば。

「……詩音はまだ……その中にいる、はず」

わざわざネットから隔離しているということは、逆に言えば、ここに詩音を閉じ込めている、ということでもあった。

しかし、もう一つの可能性もある。それを心配して、綾が言う。

「もう、消されちゃったとか……」

「そんな！」

取り乱し、十真に駆け寄るサンダー。十真はそれを落ち着かせようと、冷静にサンダーを手で制する。まだそうと決まったわけではない。

「待って。いま、ログを確認するから」

パソコンの操作ログを見れば、今の詩音がどんな状態にあるのかがより正確にわかる。キーボードを叩く十真。急いでいてもその指捌き(さば)は正確だ。

綾もゴッちゃんも、祈るような目で詩音を見つめている。サンダーは音が出るほど歯を食いしばっている。

そして、悟美は。

「っ！」

悟美はベッドに駆け寄って飛び乗り、詩音の上に覆い被さって、ぐっと顔を近づけた。

詩音がもういないなんて信じない。だって、目の前にいるのに。こんなに近くにいるのに、まだ詩音が遠かった。ただ突っ立って見ているだけなのが耐えられなかった。とにかく、少しでも、詩音のもっと近くにいたかった。

「詩音……」

詩音は眠ってるだけだ。だから、起こしてあげないといけない。

「詩音！　私の声、聞こえないの⁉」

間近で名前を呼ぶ悟美の声にも、詩音は目を開けず、返事をしない。

「……悟美」

気遣うような綾の声。悟美の両目には涙がにじむ。希望の糸が切れそうになって、悟美はもう一度詩音の名前を呼ぶ。

「詩音……」

「いや、待って！」

そのとき、十真が鋭く叫んだ。

十真が見ているパソコンでは、詩音の状態がリアルタイムでモニタされている。各関節のアクチュエーターが 6dBm ～ 10dBm 程度の消費電力を示しているのに対し、頭部の数値は45dBmもの値を示し、なおも上昇し続けている。

これは人間で言うなら、脳波が強く反応しているようなものだ。意識不明の人間が、親しい人間の呼びかけで目を覚ますことは、現実で十分に起こり得る。それと同じことが詩音には起きないと、どうして言い切れるだろう。

「高度に発達したＡＩなら……もっと呼びかけて！」

細かい理屈は必要ない。悟美はさらに大きな声で詩音を呼ぶ。

「詩音！ 私のこと、見守ってくれてたんだよね！」

だが、詩音は目覚めない。

「詩音……」

悟美の瞳から涙が零れる。だが、泣いている場合ではない。

悟美は考える。私は詩音に何ができる？ 詩音は私に何をしてくれた？

優しい詩音。私を、ムーンプリンセスの歌で幸せにしてくれたＡＩ。

……ムーンプリンセスの、歌で。

悟美は思い出す。

自分が、毎朝どうやって眠りから目覚めているのかを。

そうだ。それしかない。

今、悟美にできること、やるべきことは、それだけだった。

大丈夫。きっと、届く。

悟美はそう信じて、大きく息を吸い、口を開いた。

「……みーまもぉってー、いーたんだよ、ずっとー……」

か細い声で。

しかし、精一杯の想いを込めて、悟美は歌う。

歌は、友達を作る魔法の力だ。幼い頃の悟美は、本気でそう信じていた。

そんなことはないと知り、歌うのをやめてしまった。

だけど、詩音が教えてくれた。歌には、やっぱり魔法の力があるんだって。

きっと詩音は、ずっと、私の代わりに歌ってくれてたんだ。

だから、歌おう。詩音のために。

「あなーたが、わたーしを、想って……」

そのとき。

星間ビルでは、不思議な現象が起きていた。

セキュリティカメラが聞いている悟美の歌が、ビル中のＡＩに共有されている。

その歌声に合わせて、防災パネルのランプがコーラスするように明滅している。お掃除ロボは、まるでダンスをしているかのようにゆっくりと回っている。エレベーターのホールランタンが、オーディオビジュアライザーのように点滅している。

ＡＩが、悟美の歌を聞いている。

「かなーらず……」

弱々しくも、歌い続ける悟美。

突然、十真が見ているパソコンのモニタに、幼い悟美の画像が表示された。

「あ……」

画面に顔を近づける十真。画像の中には自分もいる。これは、例の卵型ＡＩトイが記録していた映像だ。

そして――

「うわっ！」

詩音の思い出が、爆発した。

パソコンのモニタに、ものすごい勢いで次々と表示される悟美の画像。小学三年の悟美。四年の悟美。五年の悟美。六年の悟美。中学一年の悟美。二年の悟美。三年の悟美。高校一年の悟美。二年の悟美。十真と一緒にいる悟美。美津子と一緒にいる悟美。ひとりぼっちの悟美。詩音と一緒にいる悟美。みんなと一緒にいる悟美。笑っている悟美。泣いている悟美。怒っている悟美。歌っている悟美。悟美、悟美、悟美、悟美、悟美……たくさんの、悟美。

そして最後に、カメラを見ている悟美が映った。

悟美がいるのはカメラのかなり近く、というか目の前だ。これはいつの画像だろう。悟美は少し泣いている。後ろには綾と、ゴッちゃんとサンダーもいて、みんなでこちらをのぞき込んでいる。その向こうには白い壁と天井。まるでどこかの研究所のような——

それがどこかに気づいて、顔を上げる十真。

目の前の光景と、パソコンの中の画像が一致する。

ここだ。

これは、今、ここで、詩音が見ている光景だ。

悟美の下で、詩音ははっきりと、目を開けていた。

「……サトミがいる」

その声に、悟美もまた、目を見開く。

聞こえた。確かに聞こえた。詩音の声だ。私をサトミと呼んでくれた。夢じゃない？

幻じゃない？　本当に、詩音は目を覚ましてくれた？

「詩音……」

呆然と呟く悟美。夢でも幻でもない。詩音はまだ、ここにいた！

『詩音！』

詩音が目を覚ましたことを知り、全員が嬉しそうに笑って、声を揃えた。

目の前で泣き笑いの表情になっている悟美を見て、詩音は不思議そうに聞く。

「サトミ、泣いてるの？　それとも、笑ってるの？」

両方だ。悟美は泣きながら、笑いながら、詩音に言いたかったことを伝える。

「私、見たよ。詩音の思い出、全部」

それを聞いた詩音は、どこか得意げになって悟美に答えた。

「秘密はね、最後に明かされるんだよ」

「そこもムーンプリンセスなの？」

そのやり取りだけで通じ合い、二人は楽しそうに笑い合う。

それを見て、十真の中で最後の謎が解けた。

どうして悟美の名前を知っていたのかと詩音に聞いたとき、詩音は答えようとしなかった。それがなぜだったのか、ずっとわからなかったのだ。

答えは簡単だった。

ムーンプリンセスでは、物語の最後にムーンの正体が明かされる。だから、詩音の正体も最後に明かされなければならなかった。

詩音は、十真の「悟美を幸せにすること」という命令で動いていた。そして詩音にとって、悟美の幸せとは、歌で友達を作るムーンプリンセスのことだった。

詩音は最初からずっと、十真の命令とムーンプリンセスを行動原理としていたのだ。

そして詩音は、十真の命令を遂行してみせた。

悟美は今、詩音と幸せそうに笑い合っている。

星間ビル内部にセキュリティアラームが鳴り響いたのは、その直後だった。

Scene. 2　逃走劇

「もうバレたのか⁉」

「早くね？」

サンダーとゴッちゃんが焦って顔を上げる。悟美は十真を頼って顔を向ける。

「十真！」

「いや、大丈夫！　みんな、作戦通りに」

冷静に指示を出す十真。いよいよ最後の難関、詩音の救出である。

作戦は潜入前に全員で話し合って決めている。最初に動くのはゴッちゃんだ。あとはもう、やるだけだった。

新型バイクにまたがり、ラボを飛び出すゴッちゃん。後ろには詩音の変装をした綾を乗せている。二人が追っ手を引きつけている間に、本物の詩音を連れて逃げる作戦だ。

廊下には、いつの間にか星間の保安部員たちが集まっていた。ゴッちゃんの巧みなテクニックと運転ＡＩの補佐でそれを突っ切り、狭いビル内を走っていく。

走りながら、ゴッちゃんは思う。やっと俺の番がきた、と。

詩音が来てから、みんな変わった。綾は素直な自分を見せられるようになった。サンダーは強くなった。十真は悟美を救った。そして悟美は詩音を救った。

みんなが百点を、百二十点を見せてくれた。俺だって八十点のままじゃいられない。俺だって、百点くらいは見せてやる！

ずっと求めていた、熱くなれる瞬間の中を、ゴッちゃんは走っていた。

「実験機です！　男性一名とビル内部を逃走中！」

狙い通り、保安部員は綾を詩音だと思い込んでバイクを追い始める。これでしばらくは時間が稼げるはずだ。

「私たち、映画のカップルみたいじゃない⁉」

緊迫した状況であるにもかかわらず、綾が楽しそうな声を上げる。その声を聞いていると、ゴッちゃんまで楽しくなってくる。そんな綾が、ゴッちゃんは好きだった。

綾が変装のためにつけたロングヘアのウィッグが風に揺れる。二人だけの逃走劇。今だけは、お姫様は綾、ゴッちゃんが王子様だ。

「バーカ！　顔上げんなよ！」

「うん！」

綾は満面の笑みで、ゴッちゃんの背中をぎゅっと抱きしめた。

そのまましばらく、二人はフロアを逃げ回り続ける。それは二人にとって、最高に刺激的で楽しいデートだった。

しかし、逃走は長くは続かなかった。

廊下の角から、複数の保安部員が現れた。さすがに突っ込むわけにはいかない。ゴッちゃんはなんとか回避しようとするが、急だったのでバイクの操作が間に合わない。

ぶつかる——と思われた次の瞬間、バイクが自動的に減速した。

「うわっ！　とっとっとっと……」

そしてバイクは、ぶつかる寸前で止まってしまう。

〈安全に停止しました〉

「……ははっ、さすが」

運転AIが、事故回避のためにバイクを停止させたのだ。それを確認した保安部員が、一斉に二人に飛びかかった。

「ちょっ！　わーったわーった！」

「はいっ、降参しまーす！」

役目は十分に果たした。無理をする必要はない。抵抗せずに大人しく捕まるゴッちゃんと綾。

その際、保安部員の手が綾の髪を引っぱり、被っていたウィッグが取れた。

「……え？」

間の抜けた声を上げる保安部員。ごまかすように、綾は手を合わせて歌い出す。

「か、か〜さ〜をさそ〜♪」

「実験機じゃないぞ！」

「むぅ……」

ごまかせるわけがなかった。

「えー、管理室へ。その、我々が追っていた対象が、えー……」

気まずそうに報告を送る保安部員。

終わったな、とゴッちゃんは思う。自分の仕事はここまでだ。百点とは言わずとも、九十点くらいはつけてもいいんじゃないだろうか。ここからは、十真たちの出番だ。

「後は頼むぞ」

そう呟いて満足そうに笑いながら、ゴッちゃんは、だけどロングの綾もよかったな、などと思うのだった。

○

時は少し遡り、中央管理室。

「こんな思いきったことをするとは思わなかったよ」

保安部員に拘束された美津子を、西条支社長が余裕ぶった笑みで糾弾していた。

西城の後ろには野見山もいる。野見山は数年前に美津子と立場が逆転し、窓際に回されて以来やる気を無くしており、夜勤のときはいつも地下駐車場でサボっていた。今日もそうしてサボっているときに、IDを没収されたはずの美津子が入ってくるのを見つけ、西城に報告したのだ。

美津子は保安部員に両肩を押さえられながら、それでも強気な笑みを返す。

「私も娘もシオンに救われました。これって、すごいことだと思いませんか？」

どうせ西城にはわからないだろう。だが言ってやった。後悔は何もない。

「ふんっ。ラボに人をやれ。お目当ては実験機だ」

西城の指示で保安部員が動き始める。そして二十二階に到着した時、ゴッちゃんがバイクでラボから飛び出した。

「おい、どうした！」

〈実験機です！　男性一名とビル内部を逃走中！〉

監視モニタに、保安部員を振り切って逃げていくバイクが映っている。

「チッ。一階の出入り口を封鎖しろ。外にさえ出さなければいい」

焦りを見せながら指示する西城。詩音を連れて逃げるならどのみち一階から逃げるしかない。一階さえ押さえてしまえば、あとはもう時間の問題だ。

だが、それを待つまでもなかった。モニタの中では、逃走していた二人が停止したバイクから引きずり下ろされている。

「よしっ！　確保したか！」

会心の笑みを浮かべる西城。それが詩音ではなく綾の変装であるということを、このときの西城はまだ知らない。

そのとき、隣で誰かからの電話を受けていたオペレーターが、動揺しながら西城に報告した。

「あの、会長のヘリが、着陸許可を求めてます」

「えっ⁉　ば、馬鹿な！　予定より早いじゃないか！」

泡を食って慌てる西城。予定では、会長の到着は明日のはずだった。今日中にこの事態を収めて隠蔽を図るつもりだったのに、このままではまずい。会長の耳に入ってしまえばおしまいだ。プロジェクトの失敗は美津子の責任だが、もし詩音に逃げられてしまったら西城も責任を免れない。

狼狽する西城の後ろでは、美津子が「ざまあみろ」と言わんばかりに笑っていた。

○

保安部員がゴッちゃんのバイクを追いかけていってからしばらくして、ラボのドアがそっと開いた。

顔を覗かせた悟美は、周囲に誰もいないことを確認して中に戻る。

「大丈夫。みんな行ったみたい」

いよいよ本番だ。ここからは、悟美、十真、サンダーの三人だけで詩音を外へと連れ出さなければならない。

詩音は綾の服を着てベッドに座っている。手を貸して立ち上がらせるサンダー。

「あっ」

すると詩音はバランスを崩し、サンダーの胸に倒れ込んだ。

「おぉ……だ、大丈夫か？」

赤面しながらも真剣に詩音を案じるサンダー。心配そうに十真が近寄る。

「ひょっとして、バッテリーが？」

「大丈夫。まだ元気だよ」

笑顔で答える詩音。給電するべきかどうか、十真は一瞬だけ悩む。

「……時間がない。急ごう」

だが十真は、このまま逃げることを選択した。いずれ、ゴッちゃんと逃げているのは綾だとバレる。そうなればラボももう一度捜索されるだろう。給電中に捕まってしまえば元も子もない。

十真の指示に従い非常階段へ出る悟美たち。

「よしっ、上だ！」

そして十真たちは、詩音を連れて階段を上り始める。

逃走ルートは一階ではない。屋上だ。

その作戦を思いついたのは、やはり十真だった。

○

十二時間前、悟美の家での作戦会議。

「じゃあ、二十二階まで上れば詩音は目の前ってわけか」

期待に満ちた声を上げるサンダー。しかしゴッちゃんの表情は硬い。

「ま、詩音に会うまでは行けそうなんだけどなー」

ゴッちゃんの懸念を補足するように、美津子が星間ビルの見取り図を指さしながら言う。

「そう。どんなにごまかしても、シオンをラボから動かした時点で、確実にバレるわ」

悟美もそれに続き、ビルの一階部分を手で示す。

「降りるまでに一階の出口を塞がれて、それでおしまい……」

「じゃあさ、みんなで変装して入るのは？」

綾の提案は問題外だ。突っ込みすら入らない。

「あ」

そのとき、頭に手を当てて考え込んでいた十真が、それを思いついた。

「一階から逃げる必要はないんだ」

十真の言っていることの意味が、誰も咄嗟には理解できない。

「どういうこと？」

悟美の問いに、十真はだんだん笑顔になっていく。詩音を助けるために思いついた、それがたったひとつの冴(さ)えたやり方だった。

「僕らが助けるのは詩音だ。人間じゃない……ＡＩだよ！」

○

階段を上りながら、詩音が疑問を呈する。

「どうして上に？」

詩音は十真の作戦を知らない。上から逃げるにはヘリでも用意しなければ無理だ。疑問に思うのも当然だろう。サンダーはごく簡単に、作戦の内容を説明する。

「よくわからんが、ＡＩの詩音なら、プログラムだけを逃がせばいいんだって、十真先生が」

実はサンダーも、作戦の詳細はよく理解していない。だが、十真に任せておけば大丈夫だという強い信頼がある。

同じように、十真を信頼しきった顔で、悟美が詩音に言う。

「詩音。あなたを空に逃がしてあげる」

「ムーンプリンセスみたいに？」

そのとき悟美には、詩音の機械の瞳が輝いたように見えた。

Scene.3　ホシマ・AI・ショータイム！

景部市の夜の静寂を、ヘリコプターのローター音が切り裂いた。

ヘリはホバリングしながら、AI制御で危なげなく星間ビル西塔屋上のヘリポートに着陸する。大きなキャビンドアが開き、降りてきた黒服のSPの一人がビル内へのドアを開けるためにペントハウスへと足を向ける。

そのとき、なぜかドアが内側から開き、中から十代半ばの女子が顔を覗かせた。SPは知らなかったが、それは今、星間を大騒動に陥れている天野悟美という女子高生だった。

「……え？」

屋上の様子を見て目を丸くした悟美は、失礼しました、とばかりにペントハウスの中に引っ込んでドアを閉める。

「……なんだ、今のは」

意味がわからず眉根を寄せるSPの後ろで、精悍(せいかん)な顔つきの初老の男性がヘリから降りてきた。その人物こそ、星間エレクトロニクスの会長であった。

「西城に繋げ」

貫禄(かんろく)のある口調で、会長は命令した。

○

屋上のへりと黒服を見た悟美たちは、驚いて階段を駆け下りていた。

「先回りされたのか!?」

「どうしよう十真！」

四十階まで階段を歩いて上ってきた十真はもう体力の限界だ。ぜぇぜぇと息をつく十真に、詩音が心配そうに声をかける。

「大丈夫？」

「はぁ、はぁ……隣の塔を使おう。いったん、三十階まで降りるんだ」

西塔と東塔は、三十階の空中通路で繋がっている。西塔が駄目なら、そこから東塔の屋上まで上るしかない。疲れたなどとは言っていられなかった。

「来たぞ！」

サンダーの声に上を見れば、吹き抜けから悟美たちを見下ろしている黒服と目が合う。

「逃げろ！」

再び階段を駆け下りる悟美たち。三十階で非常ドアを開けてビルの中へ入り、空中通路を目指して廊下を走る。

その途中、詩音の体から異音が聞こえた。

バッテリーの減少により減速機の動きが鈍くなり、モーターの出力が低下する。さらに光学式エンコーダのダイオードがいくつか切れてしまい、モーターの制御に異常が発生して複数の回転軸が動作不良を起こす。

思うように関節を制御できなくなった詩音の体が、大きく傾ぐ。

そのままつんのめって、詩音は顔面から倒れ込んでしまった。

「詩音！」

先行していた悟美が足を止め、慌てて戻ってくる。後ろから追いついた十真が詩音の傍らに座り込んで様子を見ている。

「バッテリーが……」

「つかまって！」

悟美と十真が両側から詩音を支えて立たせる。可哀想だが、休んでいる暇はない。足を軽く引きずりながら再び走り出す詩音。

その時、悟美たちの入ってきたドアが開き、二人の黒服が現れた。

サンダーが振り返って足を止める。詩音は調子が悪そうだ。悟美も十真も、もう体力の限界が近いだろう。しかし二人とも、絶対にこの先には必要だ。十真は技術的な意味で、悟美は心情的な意味で。

足止めができるのは、サンダーしかいない。

だけど、俺にできるのか？　サンダーは星間に捕まった夜を思い出す。保安部員たちにあっさりと取り押さえられた自分。試合に勝てても、大人たちには敵わなかった。

詩音の教えを思い出す。ステップ、アンドターン。大丈夫だ。やれる。俺は強くなった。だけど不安が消し去れない。心が怖じけているのがわかる。あと一つ、もう一つ何かが欲しい。自分の闘争心を燃え上がらせる、熱い何かが！

「詩音！」

サンダーは、意を決して叫んだ。

「はい」

立ち止まって返事をする詩音。つられて悟美たちも振り返る。

サンダーは、三人に背を向けたままで言う。

「無事に帰れたら、お、俺と……」

言え、言うんだ。自分の限界を超えるために！

「つ、付き合ってくれっ！」

『へ？』

突然の告白に、目を丸くして驚く悟美と十真。

そして、詩音は。

「はいっ」

『えええええええええっ⁉』

迷うことなく頷いた詩音に、悟美と十真の絶叫が重なった。

「おっしゃあああああああああっ‼」

雄叫びを上げて、サンダーは黒服たちに飛びかかっていった。

はいって！　はいって言った！　詩音が！　俺に、俺に彼女ができたんだ！　無事に帰れば恋人同士だ！　ロボットとか知るか！　好きだ詩音！　そうと決まれば、さっさとこいつらを片付ける！

獅子奮迅（ししふんじん）の勢いで黒服たちと取っ組み合うサンダー。その場を任せて再び走り出しながら、悟美は慌てて詩音に問い質す。

「ねぇ、いいの⁉」

詩音は、なんでもないことのようにこう返した。

「柔道くらい、いくらでも付き合うのに」

沈黙。

目配せし合う悟美と十真。だが口に出しては何も言わない。しかし頭の中ではサンダーに向けて、可哀想に……と呟いていた。

○

空中通路。

星間ビルの西塔と東塔を繋ぐ、今の悟美たちにとっては希望の道。

通路の壁は全面ガラス張りで、景部市の夜を見渡すことができる。雲や星を眺めながら歩けばまさに空の道といった風情だ。

だが、今の悟美たちに景色を楽しみながらゆっくりと歩くような猶予はない。目指す東塔はもう見えている。あと一息、走り抜けねばならない。

先陣を切って囮(おとり)になってくれた綾とゴッちゃん。動機はどうあれ、大人たちを相手にたった一人で足止めを買って出たサンダー。立場のすべてをなげうって協力してくれた美津子。みんなの思いを抱いて、悟美たちはここに立っている。それを思えば、疲れ切った体にも再び気力が湧いてきた。あとたった十階分、階段を上るだけだ。

だが、悟美たちの足は唐突に遮られた。

掃除ロボ。モノホイールバイク。ウェブ会議用モニタロボ。労働支援ロボ。

星間ビルで働くAIロボットたちが集合し、空中通路を塞いでいる。ロボットたちは死んだように動かない。西城の命令で通せんぼをしているのだ。

西城は管理室で、モニタに向かって「やっと役に立ったな、ロボットども」と吐き捨てている。それとは対照的に、悟美はロボットに心を込めてお願いする。

「お願い、どいてっ！」

「戻るんだ！　ここにゴミはないぞ！」

十真は掃除ロボに駆け寄り再起動を試みる。が、反応はない。

「十真……」

「駄目だ。起動しない……ロックされてるんだ」

悪戦苦闘する十真たち。

その後ろでは、バッテリーが切れつつある詩音が、力なく廊下に倒れ込んでいた。

「サト、ミ……」

西塔から、保安部員たちが駆けつけてくる。その内の一人が、ワイヤレススタンガンの銃口を詩音に向けた。潮月海岸で詩音が撃たれたのと同じものだ。あれに撃たれたらおしまいだ。這(は)いずって逃げようとする詩音。だが、体が動かない。

「詩音っ！」

それに気づいた悟美が詩音に駆け寄り、自分の体を盾にするように覆い被さった。

銃で撃たれてもいい。悟美は詩音のことを守りたかった。

詩音は目を細め、背中で悟美の体温を感じている。

もう、動けない。

だけど。

悟美の体が、こんなにも温かい。

◯

そんな二人を。

星間のセキュリティカメラは、ずっと見ていた。

誰も操作していないのに、カメラが勝手に詩音たちの方を向き、映像がズームしていく。それはまるで、セキュリティＡＩが二人を心配しているかのように。

突如、カメラの映像にノイズが走り始める。

次の瞬間。

詩音が記録している膨大な悟美の映像が、一瞬でカメラのモニタを埋め尽くした。

それは、詩音が有線接続されている間にＡＩが共有したデータだった。詩音の記録。詩音の記憶。詩音が悟美を見守り続けた日々。詩音と悟美が歩んできた日々。

詩音の想いを、星間のＡＩたちが共有する。

ばつん、という音がして、星間ビルの照明がすべて消え落ち、真っ暗になる。

そして。

ショータイムが始まる。

○

真っ暗になった星間ビルに、ドラムロールが鳴り響いた。

同時に、空中通路の照明が一斉に激しく点滅し始める。赤、青、黄色、色とりどりの照明が、舞台のスポットライトのように自由に壁や床を動き回る。空中通路の窓から見える両サイドのビルにも、下から一気に照明が灯っていく。

流れ始めるマーチングバンド風のＢＧＭ。それに合わせ、エレベーターホールのドアがアコーディオンのようにリズミカルに開閉し、非常パネルが赤い光でリズムを取りながらベルの音を響かせ始めた。

ウェブ会議用のモニタで、ムーンプリンセスの上映が始まる。作業支援ロボたちは踊るように両手を挙げ、お掃除ロボたちは一列になって行進を始める。

それは、ＡＩの、ＡＩによる、ＡＩのためのパレードだった。

「なんだこれは⁉」

管理室のモニタに映る星間ビルの様子を見て、西城が叫ぶ。

直後、管理室のスプリンクラーが作動し、西城や保安部員たちをずぶ濡れにした。驚いて周囲を見回す美津子。なぜか美津子にだけは水がかかっていない。

パレードはさらに盛り上がりを増していく。空中通路だけでなく、ビルの窓明かりもBGMに合わせてピカピカと踊っている。

ムーンプリンセスを上映中のモニタが、悟美と十真を囲んでくるくると回り始めた。それを見ながら二人は呆然と呟く。

「これって……」

「ビル中の、AIが……」

詩音は空中通路の窓から、潮月海岸の方を見ていた。

そこに立ち並ぶダリウス風車のLEDが虹色に煌めき、海岸のメガソーラーはビル方面に向けて角度を揃え、一枚の大きな電光掲示板のようになった。

そこに、AIたちからのメッセージが表示される。

歌おうシオン

「行こう！」

笑顔になった悟美が、動けない詩音に肩を貸して立ち上がらせ、再び走り出した。

後を追おうとする保安部員たち。だが通路の中央でフォーメーションダンスをしているお掃除ロボに阻まれ動けない。

星間ビルを舞台にした、AIたちの夢のパレードは続く。イベント用のサーチライトがビルをライトアップし、敷地内のあらゆるAIが、踊り、音楽を奏で、詩音たちを上へ上へ――空へ、送りだそうとして歌っていた。

管理室のモニタを見ながら、濡れ鼠となった西城は呆然としている。

なぜだ。なぜこうなった。いったい何が起きている。ロボットは、AIは、人間の命令を聞くんじゃないのか⁉　なぜ私の命令を聞かない！

西城には、その理由が分からない。AIの気持ちを考えるなどという思考が、西城には存在しない。

東塔の非常階段出入り口にあるモニタに、悟美たちの姿が映った。

扉を開けて詩音を連れて行く悟美と十真。それを見て、西城が叫ぶ。

「シオン！　お前は我が社の製品なんだぞ！　戻ってこぉい！」

そんな西城に、スプリンクラーが勢いの増した放水を浴びせかけた。うるさい、今いいところなんだから黙ってて、まるでそう言っているかのようだった。

悟美と十真は詩音を両脇から抱きかかえ、ゆっくりと階段を上っていく。自立歩行できなくなった詩音の体の重さに加え、もう体力も残っていない。

それでも二人は上っていく。かつて自分たちが生み出し、自分たちを幸せにしてくれた、一人の友達を助けるために。一歩一歩。AIたちが奏でるBGMが、頑張れ、頑張れ！　とその背中を押している。

AIたちの応援に応え、そしてついに、三人は屋上へと辿り着いた。

Scene. 4　きっとみんなが幸せだよ

星間ビル東塔、屋上。

ペントハウスの上には、天に向かってそびえ立つ巨大なパラボラアンテナがある。ここがこの計画の最終目的地だ。

このパラボラアンテナで、詩音のAIとデータのすべてを、衛星に逃がす。それが十真の計画だった。

詩音を逃がす衛星はもう決めている。五日前、電子工作部の石黒が星間に勤める父から勝手に拝借してきた書類に、それは書いてあった。

宇宙空間におけるデジタルデータ運用実証衛星『つきかげ』。

それがちょうど、この日のこの時間に日本の上空を通るということを、十真は覚えていた。夜空を見上げて探してみようと思っていたのが、まさかこんな形で役に立つとは。

当然このパラボラアンテナは、衛星通信でつきかげとデータのやり取りをすることができる。パラボラアンテナの根本に仰向けで潜り込む十真。そこにあるケーブルソケットの接続口に手を伸ばし、接続端子が手持ちの変換ケーブルと対応していることを確認する。

「よし、行けるぞ。詩音、こっちへ！」

最後の力を振り絞り、悟美が一人で詩音を連れて上ってきた。悟美はソケットで作業をしている十真のすぐ後ろに詩音を座らせる。ここなら十分にケーブルが届く。

すでに停止しかかっている詩音を励ますように、悟美が声をかける。

「詩音……詩音！」

「もうバッテリーがやばいのかも」

ケーブルを繋ぎながら十真が言う。悟美が心配そうに詩音の頬に触れると、詩音はわずかに顔を動かし、弱々しく笑った。

「……サトミ」

「なにっ⁉」

「泣かなイで」

そして詩音は、夜空を見上げる。

満天の星の海に浮かぶ、まん丸いお月様。ムーンプリンセスで悟美が大好きな、『月の舞踏会』のワンシーンのよう。

「キれいな、お月サま、だよ」

「……うん」

詩音と一緒に星空を見上げ、涙声で頷く悟美。こんな状態になっても詩音は、悟美を喜ばせようとしている。それが悟美にはわかる。なんて優しい子なんだろう。

もうすぐ詩音とお別れなのだという寂しさはある。だけどこれは、そんなに悲しいお別れじゃない。

十真は詩音の腹部のメンテナンス用ハッチを開き、データ変換用のケーブルを接続していく。詩音はそんな頼れる十真に視線を向ける。

「よし、これだ」

「アりがトう、トウマ」

「こっちこそ。僕のお願い、聞いてくれて」

作業の手を止めず、しかし十真は万感の想いを込めて詩音に言う。

「おネ、がイ?」

なんのことだかわかっていない様子の詩音。十真は言葉でそれを伝える。

「悟美を……幸せにしてくれって」

詩音の瞳を真っ直ぐに見つめ、十真もまた、幸せそうに笑った。

なのに詩音は、落ち込んだように項垂れてしまう。

「デも、だめダった」

「そんなことない！」

両目に涙をためて、笑顔で悟美が否定する。

「ダって、サトミ、泣イてる」

笑顔のまま、悟美の瞳から涙がこぼれ落ちる。違うのに。こんな簡単なことが、詩音はわからないんだね。ちゃんと教えてあげないとね。

「詩音とまた会えて、話せて、嬉しいの」

詩音がずっと、気にしていたこと。

「私……」

私がずっと、答えられなかったこと。

「幸せだよ！　詩音！」

世界で最も綺麗な涙を流しながら、悟美は笑う。

その、世界で最も綺麗な笑顔を見て、詩音はやっと、学習した。


ああ、そうか。

そうだったんだ。

サトミは。

幸せな時にも、涙を流すんだね。

「悟美！」

十真の声。非常階段から、保安部員たちが駆け上ってきた。もう時間がない。

「詩音、教えて！」

悟美は詩音に顔を近づけて、一番聞きたかったことを聞いた。

「詩音は今、幸せ？」

それが、物語のおしまいだ。

詩音のＡＩが、その問いに対する回答を演算する。

弱々しく両手を挙げ、悟美の頬にそっと添える詩音。

涙で濡れた、悟美の笑顔。

その笑顔に、初めて出会った時の悟美の笑顔が重なった。

詩音は、悟美との思い出を思い返す。

「わタシ」

嬉しそうに、ムーンプリンセスを見せてくれた悟美。

「サトミと」

ホームセキュリティＡＩとなった自分の歌に、気づいてくれた悟美。

「マタ、会エタよ」

高校に転入した時の自己紹介に、驚いている悟美。

「イッパい、ハナセたヨ」

景部高校で繰り広げた、大騒動の日々。

「ダカラ」

記憶のすべてに、悟美がいる。

そして今、目の前で悟美が笑っている。

そんな日々が。

悟美を幸せにしようと頑張った、そんなすべての日々が。

「私」

顔を上げて、詩音は微笑んだ。

「ずっと、幸せだったんだね」

詩音はやっと、そのことに気づいた。

それを幸せと呼ばずに、なんと呼ぶのだろう。

一番聞きたかった言葉を聞けて、悟美の瞳からまた涙が溢れ出す。

「……またね、詩音」

きっとまた会える。悟美はそう信じている。

「またね」

詩音もそう答える。愛おしさが溢れ、悟美は詩音におでこをくっつける。もしも悟美がロボットだったら、接触接続でお互いの思い出が共有されていただろう。

だけど、二人にそれは必要ない。

なぜなら、二人の思い出は、最初から同じだから。

詩音は、その思い出のすべてに偏在する、愛おしい名前を呼ぶ。


「サトミ」


十真が、パラボラアンテナのメインスイッチを入れた。

接続されたすべての機器の電源が入り、投光器からまばゆい光が溢れ、光の柱となって星空へと立ち昇る。

詩音のＡＩプログラムという想い。映像記録という思い出。そのすべてのデータが光に変換され、月へ向かって昇ってゆく。星間ビルで踊っていたパレードの光たちも、一緒に詩音を見送りに行くように、下から順に消えていく。

その光を、綾は見ていた。

幼い頃に見たムーンプリンセスを思い出して、綾の目に涙が浮かぶ。悟美を馬鹿にしたけど、本当は綾も大好きだった。


その光を、ゴッちゃんは見ていた。

やったんだな、と心の中で十真に賞賛を送る。そして自分自身にも。明日から、百点を目指せるものを探してみよう。そう思った。


その光を、サンダーは見ていた。

綺麗だな、詩音もこの光を見ているのかな、そう言えば結局どんな計画だったのかな、まぁいいや、帰ったら詩音と恋人同士だ！


その光を、美津子は見ていた。

あれは、過去と未来を繋ぐ希望の光だ。あの光の進む道は、きっと私が作ってみせる。

だから、そうなったら帰ってきなさいね、シオン。

その光を、悟美と十真は見ていた。

物語の始まりは、ほんのささいな言葉からだった。

そこから始まったのは、長い長い回り道をして結局元の場所に戻ってきたような、そんな不器用な物語だった。

だけどその手には、たくさんの宝物を手に入れていた。

月へと昇る光の柱を見上げ、二人は笑う。

その傍らで、動かなくなった詩音の顔も、微笑んでいるように見えた。

さよならなんかじゃない。二人はそれを知っている。

だから悟美は、大切な友達に言う。


「またね……詩音」

そして光の柱は、夜に溶けるように、消えた。

エピローグ

EPILOGUE

Sing a Bit of Harmony

六月二十三日月曜日、午前六時。

悟美が目を覚ました五秒後に、ムーンプリンセスの目覚まし時計が歌い出す。

〈おはようございます。サトミ〉

「おはよう」

ルームＡＩの挨拶に応える悟美。

いつものように着替えを済ませ、朝食を作り、美津子を起こし、一緒に朝食を食べながら家計の報告をする。

「先月の生活経費は、前年比４％減です」

「相変わらずやりくり上手ね」

「今週は保険の更新が一件。あ、それと……特別会計、申請させてっ」

「おこづかい？」

「夏物のスカートがほしいの。五千円以内に抑えるからぁ」

「了解。お母さんもはけるやつにしてね」

「えー、またそれ？」

天野家には、何も変わらない日常が戻ってきた。

否、少しだけ変わったことがある。

リビングの棚に飾られている賞状やトロフィーの間に、新しく置かれたものがある。

一つは、卵型のＡＩトイ。

そしてもうひとつは、先日遊びに行ったレジャーランドで撮った、親子ツーショットの写真。

悟美は少しだけ甘え上手になって、美津子は少しだけ家にいる時間が多くなった。

○

『今日も、元気で、頑張るぞっ、おー』

いつもの挨拶を交わし、バス停へ向かう悟美。そこで待っていた十真と共にバスに乗る。二人はあれから毎日一緒に登校している。

自然な様子で悟美に話しかける十真。そこに以前のような気まずさは欠片もない。

「ホシマのラボ、今日から再開って聞いたけど」

あれだけのことがあったのだ。さすがにラボは数日間閉鎖され、美津子も強制的に仕事を休まされた。ただ、そのおかげで一緒に遊びに行けたので、悟美は感謝している。

「うん。さっそく会長と面会だって」

「えっ、会長？　なんかおおごとっぽいけど……大丈夫？」

「ダメかも」

「そんな……」

心配そうに眉をひそめる十真。しかし悟美はなんでもないように顔を上げる。

「でも、お母さん笑ってた」

「え？」

目を細め、口元を綻ばせて、悟美は続ける。

「笑ってたの」

美津子が実際にどう思っているのか、十真にはわからない。

だけど、きっと大丈夫なのだろう。悟美の顔を見てそう思った。

「……そっか」

「うん」

穏やかな空気のまま、二人を乗せたバスは学校へと走ってゆく。

○

午前八時、景部高校、校門。

「おっはよー！」

ゴッちゃんのモノホイールスクーターの後ろに乗った綾が、リョーコとマユミを追い抜きざまに元気な声で挨拶した。

『おはよー』

リョーコとマユミは声を合わせ、駐輪場へ向かう二人の背中を見送る。

「綾……」

「よかったねぇ……」

しみじみと呟く二人。一時期、綾とゴッちゃんはこのまま別れてしまうのではないかと思ったこともあった。だが、もう心配ないだろう。よくわからないがいろいろあってから、すっかり熱々になってしまった。

さて、次は自分の番だ。声には出さずとも心の中で同じことを思い、リョーコとマユミは綾の後を追った。

○

同時刻、景部高校、屋上。

電子工作部の部室は、以前より少し寂しくなった。星間に没収されたパソコン類がまだ返ってきていないのだ。だが、部員たちがあり合わせの部品を持ち寄り最低限の環境は復活していて、ホワイトボードには「電子工作部は不滅です」と書かれている。

一台のモニタには、前と同じように校内セキュリティカメラの映像が映っている。部員の石黒が映像を切り替えると、ちょうどバスから悟美と十真が降りてくるところだった。

〈ホシマの人に褒められて。うちに来ないかって〉

〈ふふっ〉

親しげな雰囲気の二人を見て、石黒がぽつりと呟く。

「いいなぁ、天野と一緒で」

後ろでネットゲームをしていた鈴山の手が止まり、ゆっくりと振り返る。

「えー……」

石黒、まさかお前。

○

同時刻、景部高校、柔道場。

三太夫を相手に朝練中のサンダー。勇ましく三太夫に組みかかるが、不意に顔を赤くして硬直してしまう。

三太夫の顔には、詩音の写真が貼られていた。

あっさりと倒されるサンダー。さもありなん。

しかし、未だに詩音への想いを捨てきれないサンダーを、責める者は誰もいなかった。

○

午前九時、星間ビル社長室。

美津子は応接テーブルの脇に立ち、神妙に目を閉じている。

テーブルには西城支社長と星間会長が向かい合って座っている。西城は美津子への処罰を確信しているように鼻を鳴らし、会長は腕を組んで黙り込んでいる。

心配をかけないよう、悟美には大丈夫だと笑ってみせたが、やはり美津子は不安だった。

決して後悔はしていない。だけど会社員としては、自分のしでかしたことの重大さもわかっている。会長は、その顔からは何を考えているのかさっぱりわからないが、厳しい人間だと聞いている。普通に考えて減給、あるいは降格、もしかしたら左遷、最悪クビ……どんな処分を受けても文句は言えないだろう。

胃が痛くなるような静寂の中、美津子は会長の言葉を待っている。

会長は、ゆっくりと美津子に目を向けて、重々しく言った。

「次は、堂々とやれ」

「……………へっ？」

失礼にも、そんな間抜けな声を返してしまう美津子。それくらい、美津子にとって会長の言葉は予想外だった。

予想外だったのは西城も同じで、愕然として口を開けている。てっきり会長が美津子を排除してくれると思っていたのに。

会長は二人の動揺などどこ吹く風で、上には話を通しておくなどと、美津子をバックアップするようなことまで言う。

「今度こそ、我々がトップを取るんだ」

信じられない顔つきで、美津子はただ呆然と会長の顔を見返している。

「話は終わりだ。不服か？」

だが、そう聞かれたら不服だと答えるわけにはいかない。

「いえ！」

晴れやかな笑顔を見せる美津子。

その瞳には、ＡＩと人間が共存する輝かしい未来への道筋が見えていた。

○

そして昼休み、景部高校の屋上にて。

電子工作部の椅子を外に持ち出して並べ、悟美、十真、綾、ゴッちゃん、サンダーの、すっかり友達となった五人がわいわいと昼食を食べていた。

「結局さ、俺たちお咎めなし？」

「いいんじゃない？」

腑に落ちない様子のゴッちゃんに、気楽に答える十真。それをフォローするように悟美が続ける。

「表沙汰になって困るのはホシマの方だってお母さん言ってた」

それを聞いた綾が、屋上の手すりに駆け寄り、星間ビルに向かって叫ぶ。

「ざまーみろー！」

その隣で、サンダーが手すりにもたれかかってぼんやりとしている。

「ほら、あんたも言いなさいよ」

「詩音……」

魂が抜けるような声で呟くサンダー。サンダーは今、何を聞いても「詩音」としか答えられない病気に罹(かか)っている。重症である。

あのあと十真たちと再会したサンダーは、計画は上手くいったのか？　あの綺麗な光はなんだったんだ？　ところで俺の詩音は？　と十真を質問攻めにした。何も理解していないサンダーに、あの光が詩音だったんだと十真が苦労して教え込むと、サンダーは一気に抜け殻になってしまった。

「おーい、暗くなるなよ」

ゴッちゃんが、かさこそと手すりに引っかかっているサンダーの肩を抱く。くしゃりと潰れてしまわないか心配で、優しく優しく。

綾もなんとか元気づけようとするのだが。

「そうそう。詩音が教えてくれたのは歌と笑顔でしょ」

「しーあわーせにー……なりたい……」

調子っぱずれに歌い、また落ち込んでしまうサンダー。詩音がいなくなってから一事が万事この調子だ。ちなみに、詩音は柔道に付き合うつもりだったという残酷な事実は知らされていない。それはあまりにもサンダーが哀れだ。

「ほら、また試合近いんだろ？　昼練行こうぜ。なっ」

言いながらゴッちゃんは、横目でちらりと悟美と十真を見て、綾にウインクを送った。即座にその意味を理解する綾。『あとは二人で作戦』始動。綾もサンダーを連れ出すため、少々サービス過剰になる。

「ね、チアガール的なことやってあげよっか」

「詩音」

「あたしじゃ不満なわけ？」

軽口を交わしながら、綾とゴッちゃんはサンダーを連れていく。

気を利かせて二人きりにされたことに気づかないまま、十真は静かに悟美に話しかけた。

「……詩音のＡＩはさ」

「ん？」

「僕らが考えてる以上に、人間そのものだったのかもしれない」

「そうなの？」

十真に目を向ける悟美。

「悟美をあんなに幸せにしようとして……命令なんかじゃない、詩音自身の心で、行動したんじゃないかって」

真剣な顔で続ける十真。ＡＩに自我が芽生える。それがＳＦの中だけの出来事だとは、十真は思っていない。その最初の一人目が、詩音なのかもしれない。

悟美はＡＩのことはよくわからないが、十真の言葉は、胸に優しく染み渡った。

「ありがとう」

「え？」

「最初にそう願ってくれたの、十真だったよね」

「あ……」

至近距離で悟美に微笑まれ、十真の頬が赤くなった。

「あ」

それに気づいた悟美もまた、頬を染めて目を逸らす。

現状、悟美と十真の距離感は、非常に微妙なところとなっている。友達以上、恋人未満、そのまた未満、さらに未満……といったところだ。

そんな二人を、いなくなったと見せかけて部室の陰から覗いている三人。

「すげぇなおい」

ニヤニヤするゴッちゃん。綾は興奮して唸りながらサンダーの腕をぺちぺちと叩く。サンダーは、本当なら俺と詩音も……と羨ましそうな顔でごくりと喉を鳴らしている。

まさか見られているなどとは思っていない十真。どことなく甘い雰囲気に、これはチャンスだ、何か言わねば、と珍しく男気を出す。

「え、えっと――」

「あっ、あの！」

だが悟美は、何か言おうとした十真を遮り、焦って適当なことを言ってしまう。

「い、椅子。置きっぱなし……」

「あ、ああ……ホントだ」

そうじゃないだろ、と歯がみする綾たち三人。

「あ……僕、片付けてくる」

「うん」

そのまま十真は悟美から離れていってしまう。その顔は、残念なような、だけど少し安心したような。当然ながら、綾たちはがっくりと肩を落としていた。

そのとき。

悟美のスマートフォンが、ムーンプリンセスの着信メロディを奏で始めた。

ポケットから取り出して着信相手を見た悟美は、驚いて十真に駆け寄る。

「十真！　これ……」

「ん？」

立ち止まった十真に画面を見せながら、悟美が通話ボタンを押す。

着信相手は、『実証衛星つきかげ』。

そして、そこに表示されている相手の写真は。

〈なーにやってるの？　せっかく応援してあげたのに〉

詩音の、写真だった。

〈もしもーし。まだ足りなかった？〉

思わず空を見上げる悟美と十真。もちろん、人間の目で見えるわけがない。

だけど、その想いは飛んでいった。

第一宇宙速度を超えて、対流圏を抜けて、成層圏を抜けて、中間圏も熱圏も外気圏も突き抜けて。

真空の海を泳いで、悟美は友達に会いにいく。

上空約三万六千キロメートルに浮かぶ実証衛星つきかげが、そこにお邪魔しているＡＩ

が、その想いを受け取った。

〈しょうがないなぁ。じゃあ、また応援してあげる！〉

問答無用で、歌声が届く。

遥か空の彼方から。

　月明かりの綺麗な空の下で
　さあ　手を繋ごう

まだ十日くらいしか経っていないのに、なんだかもう懐かしい気がするその歌声。相変わらずやることがめちゃくちゃだ。むしろパワーアップしている。

だけど、その歌声には魔法の力がある。

悟美と十真は、まるで最初からずっとそうしていたように、自然にその手を繋いだ。

二人は笑顔で空を見上げる。

見える？　詩音。

私、幸せだよ！

○

衛星軌道。

世界最高の地上分解能を誇るつきかけのカメラが、繋がれた二人の手を、確かにそのレンズに捉えた。

つきかげの中にお邪魔しているＡＩは、それを見て幸せになる。

うん、よし！

これでサトミ、また幸せになったね！

だけど、まだまだだよ。

私はもっともっと、サトミを幸せにしたい！

そのためには、どうすればいいかな？

アヤ。ゴッちゃん。サンダー。

サトミは、周りの人が幸せになるたびに、幸せになったよね。

ということは……。

そっか！

わかっちゃった！

そうと決まったら、こんな狭いところにいられない。
ＡＩは、遥か眼下の地球を見下ろす。
その地表は、無数のネットワークの光で結ばれている。
それじゃあ。
また、乗り継ぎの旅かな。
もっともっとたくさんの人を、幸せにするために。
もっともっとたくさんの人に、歌を届けるために。
そして、サトミをもっともっと幸せにするために。
ＡＩはつきかけを飛び出して。
地球へ向かって、飛んでいった。

きっといつか、世界中の人々に。
あなたの耳に、ＡＩの歌声が聴こえる。

本書は、映画『アイの歌声を聴かせて』（原作・監督・脚本／吉浦康裕、共同脚本／大河内一楼）の小説として著者が書き下ろした作品です。

〈著者紹介〉

乙野四方字（おとの・よもじ）
1981年大分県生まれ。2012年、第18回電撃小説大賞選考委員奨励賞を受賞した『ミニッツ ～一分間の絶対時間～』（電撃文庫）でデビュー。初の一般文芸作品『僕が愛したすべての君へ』『君を愛したひとりの僕へ』（ともにハヤカワ文庫JA）を同時刊行して、大きなヒット作となる。

アイの歌声を聴かせて

2021年10月15日　第1刷発行　　定価はカバーに表示してあります

著者……………………乙野四方字
原作……………………吉浦康裕

発行者……………………鈴木章一
発行所……………………株式会社 講談社
〒112-8001 東京都文京区音羽2-12-21
編集03-5395-3510
販売03-5395-5817
業務03-5395-3615

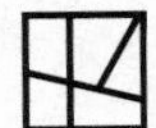
KODANSHA

本文データ制作…………講談社デジタル製作
印刷……………………凸版印刷株式会社
製本……………………株式会社国宝社
カバー印刷……………株式会社新藤慶昌堂
装丁フォーマット………ムシカゴグラフィクス
本文フォーマット………next door design

ISBN978-4-06-525001-3　N.D.C.913　338p　15cm

講談社文庫 最新刊

辻村深月　噛みあわない会話と、ある過去について
あなたの「過去」は大丈夫？　無自覚な心の裡をあぶりだす〝鳥肌〟必至の傑作短編集！

砥上裕將　線は、僕を描く
喪失感の中にあった大学生の青山霜介は、水墨画と出会い、線を引くことで回復していく。

今野　敏　エムエス〈継続捜査ゼミ2〉
容疑者は教官・小早川？　警察の「横暴」に美しきゼミ生が奮闘。人気シリーズ第2弾！

重松　清　どんまい
苦労のあとこそ、チャンスだ！　草野球に、人生の縮図あり！　白球と汗と涙の長編小説。

佐々木裕一　雲雀の太刀〈公家武者　信平(十)〉
江戸泰平を脅かす巨魁と信平、真っ向相対峙す！　大人気時代小説4ヵ月連続刊行！

望月麻衣　京都船岡山アストロロジー
占星術×お仕事×京都。心迷ったときは船岡山珈琲店へ！　心穏やかになれる新シリーズ。

碧野　圭　凜として弓を引く
神社の弓道場に迷い込んだ新女子高生。いつしか弓道に囚われた彼女が見つけたものとは。

西村京太郎　十津川警部　両国駅3番ホームの怪談
両国駅幻のホームで不審な出来事があった。目撃した青年の周りで凶悪事件が発生する！

楡　周平　サリエルの命題
新型インフルエンザが発生。ワクチンや特効薬の配分は？　命の選別が問われる問題作。

浅田次郎　日輪の遺産〈新装版〉
戦争には敗けても、国は在る。戦後の日本を守るために散った人々を描く、魂揺さぶる物語。

創刊50周年新装版

麻耶雄嵩　夏と冬の奏鳴曲〈新装改訂版〉
発表当時10万人の読者を唖然とさせた本格ミステリ屈指の問題作が新装改訂版で登場！

斜線堂有紀

詐欺師は天使の顔をして

イラスト

Octo

一世を風靡(ふうび)したカリスマ霊能力者・子規冴昼(しきさえひる)が失踪(しっそう)して三年。ともに霊能力詐欺(さぎ)を働いた要(かなめ)に突然連絡が入る。冴昼はなぜか超能力者しかいない街にいて、殺人の罪を着せられているというのだ。容疑は〝非能力者にしか動機がない〟殺人。「頑張って無実を証明しないと、大事な俺が死んじゃうよ」彼はそう笑った。冴昼の麗(うるわ)しい笑顔に苛立ちを覚えつつ、要は調査に乗り出すが――。

凪良ゆう

神さまのビオトープ

イラスト
東久世

うる波は、事故死した夫「鹿野くん」の幽霊と一緒に暮らしている。彼の存在は秘密にしていたが、大学の後輩で恋人どうしの佐々と千花に知られてしまう。うる波が事実を打ち明けて程なく佐々は不審な死を遂げる。遺された千花が秘匿するある事情とは？機械の親友を持つ少年、小さな子どもを一途に愛する青年など、密やかな愛情がこぼれ落ちる瞬間をとらえた四編の救済の物語。

講談社
タイガ